CIXIN LIU es el autor de ciencia ficción más prolífico y popular de la República Popular China. Ha sido galardonado nueve veces con el Galaxy Award (el equivalente en su país al Premio Hugo) y el Nebula chino. Además, ha convertido su trilogía de los Tres Cuerpos (*El problema de los tres cuerpos*, *El bosque oscuro* y *El fin de la muerte*) en una obra capaz de vender más de ocho millones de ejemplares en todo el mundo, obtener numerosos premios —como el Hugo 2015 a la mejor novela, el Locus 2017 y el Kelvin 505— y ganarse prescriptores de la talla de Barack Obama y Mark Zuckerberg. Su éxito en los mercados internacionales se debe a los fans del género, pero también, y sobre todo, a millones de lectores que han conseguido convertir a un perfecto desconocido en una de las grandes sensaciones literarias de los últimos años.

Papel certificado por el Forest Stewardship Council®

Título original: 白垩纪往事

Primera edición en B de Bolsillo: septiembre de 2024

Printed in Spain – Impreso en España

ISBN: 978-84-1314-933-2
Depósito legal: B-10.413-2024

Compuesto en Comptex & Ass., S. L.
Impreso en Novoprint
Sant Andreu de la Barca (Barcelona)

BB 4 9 3 3 2

Sobre hormigas y dinosaurios

CIXIN LIU

Traducción del chino de Agustín Alepuz Morales
Galeradas revisadas por Gisela Baños y Antonio Torrubia

Prólogo

Si toda la historia de la Tierra se concentrara en un solo día, una hora equivaldría a doscientos millones de años, un minuto a tres coma tres millones de años, y un segundo a cincuenta y cinco mil años.

La vida aparecería entre las ocho y las nueve de la mañana, pero la civilización humana no nacería hasta la última décima del último segundo del día. Desde que los grandes sabios de la antigüedad mantuvieron su primer debate en la escalinata de un antiguo templo griego, que los esclavos colocaron la primera piedra de la Gran Pirámide y que Confucio acogió a su primer discípulo en una choza de paja iluminada por la luz de las velas hasta que tú pasaste la primera página de este libro, tan solo ha transcurrido la décima parte de un tictac del reloj.

Pero antes de esa décima de segundo, ¿qué estaba haciendo la vida en la Tierra? ¿El resto de los seres vivos nadaban, corrían, se reproducían y dormían sin más? ¿Fueron poco inteligentes durante miles de millones de años? ¿Es que acaso la luz de la inteligencia solo iluminó nuestra pequeña ramita en medio del sinfín de ramas del árbol de la vida? No parece demasiado probable.

Que una semilla de inteligencia se convierta en una gran civilización, sin embargo, no es tarea fácil: tienen que darse muchas condiciones, tantas que esa posibilidad es de una entre un millón. Después de todo, un ser inteligente recién nacido es como una pequeña llama en un campo abierto que puede ser apagada por una suave brisa venida de cualquier dirección. Aunque un pequeño fuego prenda en las malas hierbas circundantes, este no tardará en ver su camino bloqueado por un claro o un arroyo y se extinguirá sin pena ni gloria; y aun en el caso de que crezca hasta convertirse en un gran incendio forestal, lo más probable es que una fuerte tormenta lo acabe apagando. En resumen, la probabilidad de que una pequeña llama acabe dando pie a un gran estallido es muy remota. Resulta fácil imaginar cómo a lo largo de la larga historia de la evolución los incipientes seres inteligentes fueron entrando y saliendo de la interminable noche de los tiempos como las luces de las luciérnagas.

Unos veinte minutos antes de la medianoche, o veinte minutos antes de nuestra llegada a la Tierra, apareció la chispa de dos seres inteligentes. Ese lapso de veinte minutos no fue en modo alguno breve, sino que fue el tiempo equivalente a más de sesenta millones de años, un periodo tan lejano que escapa a toda imaginación. Por aquel entonces faltaban aún decenas de millones de años para que los antepasados del ser humano hollaran la Tierra, y ni siquiera se habían formado los continentes tal y como los conocemos hoy día —era lo que en la escala geológica del tiempo se conoce como Cretácico superior.

En aquella época nuestro planeta estaba poblado por unos animales gigantes llamados dinosaurios. Los había de muchos tipos, pero casi todos tenían como rasgo común su enorme tamaño: el más pesado alcanzaba las ochenta toneladas, lo mismo que ochocientas personas, y el más alto llegaba a los treinta metros, como un edificio de cuatro pisos. Llevaban setenta millones de años viviendo en la Tierra, lo que significa que aparecieron hace más de mil millones de años.

No cabe duda de que setenta millones de años es un periodo de tiempo considerable en comparación con los varios cientos de miles de años que la humanidad había existido en la Tierra. Durante un periodo de tiempo tan largo, un goteo de lluvia constante en un mismo lugar podría haber acabado atravesando la Tierra, y una suave brisa que soplara de forma continua contra una montaña podría haberla aplanado. De modo similar, una especie en constante evolución durante el mismo espacio de tiempo podría haber acabado volviéndose inteligente por muy estúpida que hubiera sido al principio.

Eso es justamente lo que les pasó a los dinosaurios. Arrancaron grandes árboles cuyos troncos limpiaron de ramas y hojas, y les ataron grandes piedras a los extremos con cuerdas de mimbre. Cuando la piedra era redonda o cuadrada, el utensilio era un enorme martillo capaz de aplastar uno de nuestros coches de un solo golpe; cuando era plana, era un hacha, y cuando era puntiaguda, era una lanza. Al fabricar lanzas, los dinosaurios dejaban algunas de las ramas en la parte superior de los troncos para ayudar a mantener la estabilidad de su trayectoria en los lanzamientos. Estas podían llegar a medir decenas de metros de largo, y al atravesar el aire parecían misiles que habían perdido el rumbo.

Los dinosaurios formaron tribus primitivas que vivían en enormes cuevas que ellos mismos habían excavado, y aprendieron a usar el fuego, manteniendo vivas las brasas que dejaban los rayos al caer al suelo para alumbrar sus cuevas o cocinar. A veces las velas que usaban eran pinos con troncos tan gruesos que hubieran hecho falta varias personas para abarcarlos con los brazos. Llegaron incluso a escribir en las paredes de sus cuevas con troncos de árboles carbonizados, consignando con trazos simples el número de huevos que habían puesto el día anterior o cuántas crías nacían cada día. Y lo más importante: los dinosaurios habían desarrollado un lenguaje rudimentario. Sus conversaciones nos habrían sonado como el silbido de los trenes.

Había otra especie que también había comenzado a dar muestras de una inteligencia incipiente: las hormigas. Al igual que los dinosaurios, habían pasado por un largo proceso evolutivo, y habían erigido ciudades, hormigueros y laberintos subterráneos en todos los continentes. La sociedad de las hormigas superó con creces en tamaño a la de los dinosaurios, hasta el punto de que había muchos reinos con poblaciones de más de cien millones de insectos, unas sociedades gigantescas basadas en estructuras complejas y bien organizadas que funcionaban con gran precisión, como si de una gran maquinaria se tratara. Las hormigas se comunicaban entre sí mediante feromonas, unas moléculas olorosas de un elevado grado de sofisticación que permitían transmitir información compleja, lo que les dotó de un lenguaje más avanzado que el de los dinosaurios.

Aunque los primeros destellos de inteligencia habían aparecido sobre la Tierra en dos especies distintas, una grande y otra pequeña, ambas estaban marcadas por unos defectos inevitables.

El mayor punto débil de los dinosaurios era que carecían de manos diestras. Aunque sus garras grandes y torpes eran imbatibles en la pelea —el *Deinonychus*, por ejemplo, estaba provisto de unas garras afiladas en forma de sable con las que podía destripar a otros dinosaurios— y podían fabricar utensilios básicos, eran incapaces de realizar labores que exigieran cierta delicadeza, elaborar herramientas complejas o emplear una escritura sofisticada. Pero la destreza manual es un requisito previo indispensable para el desarrollo de una civilización, y solo cuando una especie tiene manos hábiles es posible que se produzca un círculo virtuoso entre la evolución del cerebro y la supervivencia.

A diferencia de los dinosaurios, las hormigas eran capaces de llevar a cabo actividades de un increíble grado de precisión. Habían construido complejas estructuras arquitectónicas tanto en la superficie como bajo tierra, pero adolecían de un pensamiento poco imaginativo. Al juntarse un número determinado de hormigas, demostraban tener una inteligencia colectiva caracterizada por su precisión y rigidez, muy parecida a un programa informático. Guiados por estos programas, que se desarrollaron a lo largo de grandes espacios de tiempo, las colonias de hormigas fueron construyendo una ciudad tras otra. Su sociedad era como una gran maquinaria en la que cada individuo era un mero engranaje, y cuando una hormiga se separaba del mecanismo general solo era capaz de tener un pensamiento muy limitado y mecánico. El pensamiento creativo necesario para el nacimiento de una civilización, sin embargo, está reservado a los individuos (nuestro Newton y Einstein, por citar dos ejemplos): de la mera acumulación de inteligencia colectiva no pueden salir ideas elevadas, del mismo modo que cien millones de seres humanos no fueron capaces de llegar a las tres leyes del movimiento o la teoría de la relatividad.

Si las cosas hubiesen seguido su curso normal, las sociedades de las hormigas y los dinosaurios no habrían seguido evolucionando. Como ha ocurrido en incontables ocasiones a lo largo de la historia, las llamas de la inteligencia que habían cobrado vida en el interior de estas dos especies habrían desaparecido en las aguas del tiempo, como dos fugaces destellos de luz en la larga noche de la historia de la Tierra.

Pero entonces pasó algo.

1
El primer encuentro

Era un día como otro cualquiera en el Cretácico superior. Es imposible determinar la fecha exacta, pero aquel era un día normal en el que reinaba la paz sobre la Tierra.

Veamos cómo era el mundo por aquel entonces. En aquella época, tanto el aspecto como la ubicación de los continentes no tenían nada que ver con los de la actualidad: la Antártida y Australia formaban una única masa de tierra que superaba en tamaño a cualquiera de los continentes que hoy conocemos, la India era una gran isla en medio del mar de Tetis, y Europa y Asia constituían dos masas de tierra separadas. La civilización de los dinosaurios estaba distribuida principalmente en dos supercontinentes, Gondwana y Laurasia. El primero había sido durante miles de millones de años la única masa continental de la Tierra, pero se había dividido y su área había quedado en gran medida reducida —si bien seguía siendo tan grande como las actuales África y América del Sur juntas—, mientras que el segundo era un continente que se había separado de Gondwana y que más tarde dio forma a la actual América del Norte.

Aquel día, todas las criaturas de todos los continentes estaban ocupadas intentando sobrevivir. En aquel mundo de barbarie, no sabían de dónde venían ni les importaba a dónde iban. Cada vez que el sol del Cretácico alcanzaba su cénit sobre sus cabezas, reduciendo a la mínima expresión las sombras de las hojas de las cicas que se proyectaban en el suelo, su única preocupación era dónde encontrar su almuerzo del día.

Un *Tyrannosaurus rex* de Gondwana lo había encontrado en medio de un grupo de cicas muy altas —un gran lagarto carnoso que acababa de capturar—. Usando sus voluminosas garras, partió en dos mitades el reptil que aún se retorcía y se echó a la boca el extremo de la cola. Mientras masticaba con deleite, el dinosaurio se sintió satisfecho con el mundo y con la vida en general.

A aproximadamente un metro del pie izquierdo del *Tyrannosaurus* había una pequeña colonia de hormigas. La mayor parte de esa ciudad que albergaba a más de mil insectos se encontraba bajo tierra, y la persecución entre el tiranosaurio y el lagarto había provocado un fuerte terremoto que la había sacudido, aunque por fortuna no la habían aplastado. Los habitantes de la colonia salieron a la superficie y levantaron la vista: desde su perspectiva, el dinosaurio ocupaba más de la mitad del cielo, como una imponente montaña que atravesara las nubes, y bajo cuya sombra sintieron como si el cielo se hubiera encapotado de repente. Vieron cómo medio lagarto pasaba de las garras del tiranosaurio a sus cavernosas fauces, y escucharon el sonido del saurio al masticar, como si de un trueno se tratara. En anteriores ocasiones, esos truenos solían ir acompañados de una fuerte lluvia de trozos de huesos y carne que no eran otra cosa que los restos de la comida del dinosaurio. Incluso una ligera llovizna bastaba para alimentar a todo el pueblo durante un día entero, pero aquel tiranosaurio mantuvo la boca bien cerrada y no cayó nada del cielo. Al cabo de un rato, se echó la otra mitad del lagarto a la boca. El trueno volvió a retumbar, pero la lluvia de huesos y carne seguía sin caer.

Cuando el tiranosaurio terminó de comer, dio dos pasos atrás y se recostó satisfecho para echarse una siesta a la sombra. Las hormigas vieron la mole desmoronarse hasta convertirse en una cadena montañosa perdida en la lejanía. La tierra se estremeció y la brillante luz del sol volvió a inundar la llanura. Las hormigas, que llevaban días pasando hambre, sacudieron la cabeza mientras suspiraban: aquel año la estación seca había sido larga, y la vida se volvía cada vez más difícil día tras día.

Justo cuando las hormigas se dirigían de regreso a su colonia con la cabeza gacha, otro terremoto sacudió el claro. Se dieron la vuelta y vieron que el tiranosaurio estaba rodando. Se metió una de las enormes garras en la boca y comenzó a escarbar con fuerza entre los dientes. Las hormigas entendieron enseguida por qué el dinosaurio no podía dormir: se le había quedado atascado entre los dientes un trozo de carne que le estaba causando molestias.

El alcalde de la ciudad de las hormigas de repente tuvo una idea. Se subió a una brizna de hierba y lanzó una feromona hacia la colonia. Todas las hormigas a las que llegó la sustancia entendieron lo que su alcalde quería decirles, y transmitieron el mensaje al resto agitando las antenas. Una marea de entusiasmo sacudió la colonia, y las hormigas, con su alcalde a la cabeza, marcharon hacia el tiranosaurio formando varios arroyos negros sobre el suelo.

Al principio esa hilera de montañas parecía estar muy lejos, visible en el horizonte pero inalcanzable; pero entonces el dinosaurio volvió a rodar hacia donde ellas se encontraban, acortando de golpe la distancia que lo separaba de la procesión de hormigas. Una de las enormes garras del dinosaurio cayó del cielo y aterrizó justo delante del alcalde con un estruendo estremecedor. El impacto hizo que la marabunta se separara del suelo, y el polvo sacudido se alzó ante las hormigas como el hongo de una bomba atómica.

Sin esperar a que se posara el polvo, las hormigas siguieron a su alcalde hasta la garra del dinosaurio. La extremidad formaba un ángulo perpendicular con el suelo, como un escarpado acantilado, pero eso no era un impedimento para las hormigas, que treparon a gran velocidad hasta alcanzar la cima que era el antebrazo del dinosaurio. Para ellas, aquella piel áspera era como una meseta surcada por múltiples barrancos, que atravesaron cruzando la parte superior del brazo rumbo a su objetivo final: las fauces del tiranosaurio. Entonces el reptil levantó su enorme garra para volver a morderse los dientes. Las hormigas que recorrían su antebrazo sintieron que el suelo comenzaba a inclinarse, y, acto seguido, tuvieron una sensación de mayor gravedad y se agarraron al suelo para evitar salir volando.

La gigantesca cabeza del dinosaurio ocupaba medio cielo, y su lenta respiración era como una ráfaga de viento que barría el firmamento. Las hormigas temblaron de miedo al ver aquellos enormes ojos que las observaban desde lo alto.

Al ver que tenía hormigas en un brazo, el tiranosaurio levantó el otro para sacudírselas de encima. Levantada, su enorme garra tapaba el sol del mediodía como una nube de tormenta, y la llanura en la que se encontraba la colonia de hormigas se oscureció de golpe. Estas miraban horrorizadas la garra en lo alto del cielo, mientras agitaban frenéticamente las antenas. El alcalde levantó la pata delantera y las demás hicieron lo propio, señalando al unísono la boca del dinosaurio.

El confundido tiranosaurio dudó unos segundos hasta que al fin entendió qué era lo que pretendían las hormigas. Tras un momento de reflexión, bajó el brazo que había levantado. Enseguida se dispersaron las nubes y el sol iluminó la llanura del antebrazo. El tiranosaurio abrió la boca de par en par y colocó junto a sus enormes dientes un dedo rematado en una garra, formando un puente entre su antebrazo y su mandíbula. Por un momento, las hormigas dudaron; luego, el alcalde enfiló el camino a lo largo del dedo y el resto de las hormigas lo siguió.

Un grupo de hormigas alcanzó rápidamente el extremo del dedo. De pie sobre la punta cónica y lisa de la garra, contemplaron con asombro la boca del dinosaurio. Ante ellos se abría un mundo nocturno donde se estaba gestando una tormenta. Un fuerte vendaval húmedo que apestaba a sangre les azotó la cara y un trueno retumbó en las interminables profundidades oscuras. Cuando los ojos de las hormigas se hubieron habituado a la penumbra, pudieron distinguir a lo lejos la mancha de una oscuridad aún más densa cuyos contornos cambiaban de forma. Las hormigas tardaron mucho en darse cuenta de que se trataba de la garganta del dinosaurio, fuente de aquel estremecedor trueno, que emanaba del estómago del tiranosaurio. Las hormigas apartaron la vista asustadas; y luego, una por una, se fueron subiendo a los enormes dientes del dinosaurio, arrastrándose por los suaves acantilados de esmalte blanco, y comenzaron a rasgar con sus poderosas mandíbulas la rosácea carne del lagarto que se había quedado alojada en las amplias grietas entre los dientes del dinosaurio.

De vez en cuando, una hormiga miraba hacia arriba mientras masticaba la carne incrustada entre los dos enormes dientes que perforaban el cielo a cada lado. Sobre ellas, en el paladar del dinosaurio, había otra hilera de dientes que brillaba a la luz del sol que se inclinaba hacia su boca, como si en cualquier momento fueran a precipitarse sobre ellas. El tiranosaurio se había llevado el dedo a la mandíbula superior, y una corriente ininterrumpida de hormigas se le seguía metiendo entre los dientes para devorar la carne incrustada, lo que desde su mandíbula inferior era una imagen espectacular. Más de un millar de insectos se movían por la decena de grietas entre los dientes del dinosaurio, y al cabo de un rato recogieron todos los restos de carne.

La sensación de incomodidad que el *Tyrannosaurus* había tenido entre los dientes se desvaneció. Aún no había evolucionado lo suficiente como para ser capaz de dar las gracias, así que simplemente dejó escapar un largo suspiro de satisfacción. Un repentino huracán recorrió las dos hileras de dientes, haciendo volar hasta la última hormiga de la colonia, que flotó en el aire como una nube de polvo negro. Como sus cuerpos eran muy livianos, aterrizaron ilesas a un metro de la cabeza del *Tyrannosaurus*, y volvieron a la entrada del pueblo con el estómago lleno y totalmente saciadas. Tras quitarse de encima la sensación de incomodidad, el tiranosaurio se tumbó en la fresca sombra y se sumió en un plácido sueño.

Y eso fue todo.

Mientras, la Tierra giraba en silencio, el sol se deslizaba tranquilamente hacia el oeste, las sombras de las cicas se alargaban y las mariposas y otros pequeños insectos voladores revoloteaban entre los árboles. A lo lejos, las olas del océano primitivo lamían las costas de Gondwana.

Nadie era consciente de ello, pero en ese instante de paz, la historia de la Tierra había experimentado un brusco cambio de rumbo.

2
Los albores de la civilización

Dos días después de aquel primer encuentro entre las hormigas y el dinosaurio, una tarde igualmente sofocante, los habitantes del pueblo de las hormigas sintieron otro temblor sobre sus cabezas. Al salir a la superficie, vieron ante sí la imponente figura de un tiranosaurio, que reconocieron enseguida como el mismo que habían visto días atrás.

El reptil se agachó y empezó a buscar en el suelo. Cuando hubo encontrado la colonia de hormigas, levantó una garra y se señaló las dos hileras de dientes que formaban su boca abierta. Las hormigas entendieron al dinosaurio de inmediato, y un millar de insectos agitaron las antenas con gran entusiasmo. El tiranosaurio apoyó una de sus extremidades delanteras en el suelo y permitió que las hormigas subieran. Así fue como se repitió la escena de hacía dos días: la colonia se puso las botas con la carne que había quedado atrapada entre los dientes del dinosaurio, que, por su parte, consiguió aliviar sus molestias.

Durante un tiempo, el tiranosaurio adquirió la costumbre de acudir a la ciudad de las hormigas a que le mondaran los dientes. Los insectos podían sentir sus pisadas a mil metros de distancia y distinguirlas con precisión de las del resto de los dinosaurios. Incluso eran capaces de saber en qué dirección se movía: si iba hacia el pueblo, salían a la superficie con la certeza de que aquel día tendrían garantizado el almuerzo. Poco a poco, la cooperación entre esa gigantesca criatura y esos diminutos seres se fue volviendo cada vez más habitual y estrecha.

Un día, los habitantes del pueblo hormiga volvieron a oír el ruido de unos pasos a través de las capas de tierra. Pero aquella vez era diferente: los pasos que les eran tan familiares estaban mezclados con otras vibraciones desconocidas. Cuando las hormigas corrieron a la superficie, vieron que el dinosaurio había traído consigo a otros tres tiranosaurios y a un *Tarbosaurus bataar*. Los cinco se señalaron los dientes para pedirles ayuda a las hormigas. El líder de la aldea, consciente de que aquella tarea les venía grande, envió a toda prisa a varias hormigas voladoras para contactar con otros pueblos de la zona, y al cabo de un rato salieron de los árboles tres torrentes de hormigas que convergieron en el claro, donde se reunieron más de seis mil insectos. Cada dinosaurio requirió los servicios de mil hormigas; o, mejor dicho, la carne que cada uno tenía entre los dientes podía saciar a mil hormigas.

A partir de entonces el pueblo fue recibiendo constantes visitas de dinosaurios que querían una limpieza bucal. Los reptiles, la mayoría de ellos grandes carnívoros, pisoteaban las cicas para agrandar el espacio disponible, y resolvían los problemas alimentarios de una decena de pueblos de hormigas de los alrededores.

Sin embargo, la base para la cooperación entre las dos especies no estaba en absoluto exenta de problemas. Para empezar, en comparación con las innumerables dificultades con las que tenían que lidiar los dinosaurios —hambre cuando las presas escaseaban, sed cuando no había agua en ninguna parte, lesiones sufridas en peleas con dinosaurios de su propia especie o de otro tipo, así como una serie de enfermedades mortales—, tener trozos de carne incrustados entre los dientes era una tontería, así que muchos de los dinosaurios que iban a ver a las hormigas para limpiarse los dientes lo hacían más por curiosidad o por divertimento que por otra cosa. Por su parte, una vez terminada la estación seca, las hormigas volvían a tener comida en abundancia, así que ya no tenían necesidad de depender de este método tan poco ortodoxo para subsistir. Además, asistir a esos espantosos banquetes en las bocas de los dinosaurios, tan parecidas a las fauces del infierno, no era algo que la mayoría de las hormigas disfrutara.

Fue la llegada de un *Tarbosaurus* con caries lo que marcó un antes y un después en la cooperación entre dinosaurios y hormigas. Aquella tarde, nueve dinosaurios fueron a ver a las hormigas para que les quitaran los restos de carne de entre los dientes, pero uno de ellos parecía todavía incómodo después de la limpieza bucal: levantó una pata delantera para impedir que se marcharan las hormigas, que ya habían terminado su trabajo, mientras señalaba insistentemente sus dientes con la otra garra.

Confundido, el jefe del pueblo se puso al frente de varias decenas de hormigas que se introdujeron en la boca del dinosaurio y examinaron detenidamente la hilera de dientes. No tardaron en descubrir varias cavidades en las lisas paredes de esmalte, cada una de ellas lo bastante grande como para alojar a dos o tres hormigas.

El alcalde entró primero en uno de esos agujeros, seguido de otras tantas hormigas que hicieron lo propio. Observaron de cerca las paredes del pasillo. Los dientes del dinosaurio eran muy duros, así que fuera lo que fuera que había podido hacer un agujero así en un material como ese tenía que ser a la fuerza algo capaz de competir con las propias hormigas.

Justo cuando las hormigas estaban avanzando a tientas, de repente apareció de entre los dientes un insecto negro que medía el doble que ellas y tenía unas mandíbulas grandes y afiladas. Le arrancó al alcalde la cabeza de un sonoro mordisco, mientras otros tantos insectos que habían salido de la nada les lanzaron un feroz ataque que rompió la formación de hormigas en el túnel. Estas estaban demasiado agotadas como para defenderse, y más de la mitad perecieron en un abrir y cerrar de ojos.

Los supervivientes consiguieron escapar del cerco de los insectos negros, pero acabaron perdiéndose en los laberínticos surcos de las fauces del dinosaurio. Solo cinco hormigas consiguieron escapar con vida, una de ellas cargando con la cabeza del alcalde. La cabeza de una hormiga conserva la vida y la consciencia durante un tiempo relativamente largo después de haber sido separada de su cuerpo, así que cuando esas cinco hormigas sacaron la cabeza del alcalde de la boca del dinosaurio, este les explicó lo que había ocurrido al millar de hormigas todavía congregadas en el antebrazo y dio su última orden antes de expirar.

Un pequeño contingente de doscientas hormigas soldado marchó hacia la boca del dinosaurio, y lo primero que hizo fue limpiar de insectos negros el diente en el que el alcalde había entrado. Aunque las hormigas soldado eran diestras en la batalla, aquellos insectos negros eran mucho más grandes que ellas, y consiguieron frenar con éxito su ataque aprovechando su buen conocimiento de la estructura de los túneles, matando a una decena de hormigas y obligándolas a salir de allí. Justo cuando la moral del ejército de hormigas comenzaba a flaquear, llegaron refuerzos de otra ciudad. Esas nuevas hormigas soldado eran de otro tipo: eran más pequeñas, pero podían llevar a cabo devastadores ataques con ácido fórmico. Las recién llegadas entraron en tropel en el túnel, se dieron la vuelta y, apuntando con sus traseros al enemigo, les lanzaron una fina lluvia de gotas de ácido fórmico.

Los cuerpos quemados de los insectos quedaron enseguida reducidos a masas negras de las que salía un espeso humo oscuro. Al cabo de un rato llegaron más refuerzos, unas hormigas soldado que también eran pequeñas, pero cuyas mandíbulas eran tan venenosas que un pequeño mordisco podía hacer que un insecto negro cayera fulminado en apenas uno o dos espasmos.

A medida que la batalla se iba recrudeciendo, el ejército de hormigas se fue moviendo de diente en diente eliminando a los insectos negros uno por uno mientras un humo ácido se filtraba por las cavidades de la boca del

Tarbosaurus. Un equipo de hormigas obreras sacó de la boca del dinosaurio los cadáveres de los insectos negros y los depositó en una hoja de palma que pronto se llenó de cuerpos, que, en el caso de los que habían sido rociados con ácido, aún despedían humo. Varios dinosaurios rodearon al *Tarbosaurus* mirando con asombro aquel espectáculo. Al cabo de media hora, la batalla había terminado y los insectos negros habían sido purgados por completo. La boca del *Tarbosaurus* estaba llena del particular sabor del ácido fórmico, pero la molestia dental que lo había incordiado durante gran parte de su vida había desaparecido. Comenzó a rugir entusiasmado, contando el milagro a todos los presentes.

La noticia corrió como la pólvora por el bosque, y el número de dinosaurios que fueron a visitar a las hormigas se disparó. Algunos de ellos querían que les limpiaran la boca, pero la mayoría acudió en busca de tratamiento para sus dolencias dentales, ya que las caries estaban muy extendidas tanto entre los carnívoros como entre los herbívoros. En los días de mayor actividad, llegaban a concentrarse en el claro varios centenares de dinosaurios, motivo por el cual el número de hormigas que los atendían también se multiplicó.

A diferencia de los dinosaurios, cuando llegaban al lugar, las hormigas terminaban quedándose. Así fue como poco a poco se levantó un gran asentamiento de más de un millón de hormigas que fue bautizado como Ciudad de Marfil, y que se convirtió en el primer lugar de reunión de hormigas y dinosaurios de la Tierra. Cada día cruzaban el claro gigantescos dinosaurios entre arroyos de hormigas, en una escena de gran bullicio.

Después de la estación seca, las hormigas ya no tenían por qué ir a por restos de carne en los dientes de los dinosaurios. Estos últimos les pagaban sus servicios médicos con huesos y carne fresca, pero como las hormigas de la Ciudad de Marfil ya no necesitaban buscar comida, se convirtieron en dentistas profesionales. Esta especialización dio pie a rápidos avances en la tecnología médica de las hormigas.

En sus combates para acabar con los insectos alojados entre los dientes de los dinosaurios, las hormigas a menudo recorrían la cavidad bucal hasta la raíz de los dientes, y en el lugar donde se unían los dientes con las encías encontraron unos gruesos tubos translúcidos. Al tocar esas tuberías en medio del fragor de la batalla, violentos terremotos sacudían la boca de los dinosaurios. Con el tiempo, las hormigas llegaron a comprender que esas tuberías causaban dolor a los dinosaurios, y las terminaron bautizando con el nombre de «nervios».

Las hormigas sabían desde hacía mucho tiempo que consumir las raíces de cierta hierba de dos hojas les adormecía las extremidades y las hacía dormir, a veces durante varios días, durante los cuales no sentirían dolor alguno aunque se les arrancara una pata. Aplicaron el jugo de esa hierba a los nervios de las raíces de los dientes de los dinosaurios y, a partir de entonces, el contacto con los nervios dejó de provocar seísmos. A los dinosaurios con enfermedades dentales solían salirles úlceras en las encías, pero las hormigas conocían otra hierba cuyo extracto podía mejorar la cicatrización de las heridas. La introducción de estas dos técnicas para reducir el dolor y la inflamación no solo permitió a las hormigas curar a los dinosaurios de los insectos dentales, sino que además les dio herramientas para tratar otras dolencias como los dolores de muelas o la periodontitis.

Sin embargo, la auténtica revolución en la tecnología médica de las hormigas vino de la mano de la exploración del cuerpo de los dinosaurios.

Las hormigas eran exploradoras natas, no tanto por curiosidad —eran criaturas más bien poco interesadas en lo que las rodeaba— como por un instinto de expandir su espacio vital. De vez en cuando, al exterminar insectos o aplicar remedios medicinales en las hileras de dientes de un dinosaurio, se asomaban a las profundidades de la boca. Ese mundo interior oscuro y húmedo despertó en ellas el deseo de explorar, pero un sentimiento de extrañeza y peligro les hizo resistirse a tal empresa.

La era de la exploración del cuerpo de los dinosaurios comenzó gracias a una hormiga llamada Daba, la primera de la historia de la civilización cretácica con un nombre conocido. Tras mucho prepararse, Daba aprovechó un tratamiento contra insectos dentales para organizar una pequeña expedición de diez hormigas soldado y otras diez hormigas obreras que se sumergió en las profundidades de las fauces de un tiranosaurio.

Luchando contra la humedad extrema, la expedición atravesó la larga y estrecha llanura de la lengua. Las papilas gustativas salpicaban la llanura como innumerables rocas blancas que formaban una espectacular estructura megalítica que se perdía en la infinita oscuridad, y a través de las cuales se fueron abriendo paso las hormigas exploradoras. Cuando el dinosaurio abría y cerraba la boca, la luz del mundo exterior se filtraba por las rendijas de los dientes: rayos de luz oblicuos iluminaban la llanura de la lengua, titilando como un rayo en el horizonte y proyectando largas sombras que temblaban tras los megalitos de las papilas gustativas. Cuando el dinosaurio retorció la lengua, toda la llanura onduló y aparecieron ondas cambiantes en los megalitos. Esa terrorífica imagen infundió un gran temor entre las hormigas, pero estas siguieron adelante. A veces, cuando el dinosaurio tragaba, las viscosas aguas de la inundación brotaban repentinamente de ambos lados, anegando toda la llanura. Las hormigas se aferraron a las papilas gustativas para evitar verse arrastradas por la marea, y esperaron a que las aguas de la inundación retrocedieran antes de retomar la marcha.

Finalmente llegaron a la raíz de la lengua. La distante luz era allí mucho más tenue, apenas un rayo que iluminaba las bocas de dos enormes cuevas: en una de ellas aullaba un fuerte vendaval que entraba y salía, cambiando de dirección cada dos o tres segundos, mientras que en la otra no soplaba el viento, sino que un gran estruendo emanaba de sus insondables profundidades. Las hormigas se habían familiarizado con ese sonido durante su trabajo como dentistas, pero ahí era mucho más fuerte, más cercano al retumbar del trueno. Más adelante se enterarían de que esos dos enormes agujeros eran respectivamente el tracto respiratorio y el esófago. Aquel misterioso ruido aterrorizó más a las hormigas que el propio viento, de modo que decidieron adentrarse en el tracto respiratorio. Con Daba a la cabeza, la expedición avanzó con cautela por las resbaladizas paredes del pasadizo. Cuando el viento iba a su favor, daban varios pasos hacia delante con gran rapidez, mientras que cuando el viento les venía de cara les era imposible caminar, y lo único que podían hacer era agarrarse con fuerza a la pared.

Los insectos no habían ido demasiado lejos cuando sus patas irritaron el tracto respiratorio del dinosaurio, que con una ligera tos puso fin a la primera expedición de las hormigas. De las profundidades del túnel se levantó un huracán que barrió a los miembros de la expedición y los arrastró por la llanura de la lengua a la velocidad del rayo. Algunas hormigas chocaron con los enormes dientes del dinosaurio, mientras que otras directamente salieron volando de la boca.

Daba perdió una de las extremidades intermedias en aquella aventura fallida, pero organizó una segunda expedición como si nada hubiera ocurrido. Esa vez, en lugar de ir al tracto respiratorio, la expedición puso rumbo al esófago. El viaje comenzó sin contratiempos, y después de llegar a la raíz de la lengua se metieron en el esófago y recorrieron una gran distancia siguiendo el conducto. En medio de la oscuridad, el pasadizo parecía interminable y el retumbar del abismo negro se volvía cada vez más fuerte.

Justo entonces, el tiranosaurio cuyo cuerpo estaban explorando las hormigas tomó un sorbo de agua en un arroyo. Las hormigas que recorrían su esófago escucharon a sus espaldas un rugido que rápidamente fue aumentando de volumen hasta ahogar por completo el sonido que tenían delante. En el preciso instante en el que Daba ordenó al equipo de expedición que se detuviera para averiguar qué era lo que estaba ocurriendo, irrumpió con fuerza una tromba de agua que llenó todo el túnel y arrastró a las hormigas por el esófago. Daba cayó en el irresistible torrente, y, aunque estaba aturdido y desorientado, era consciente de que estaba recorriendo una gran distancia a una increíble velocidad en dirección al estómago del dinosaurio.

Al final sintió que aterrizaba con pesadez y se hundía en algo que tenía una textura carnosa. Remó con las piernas tan rápido como pudo en un intento desesperado de escapar, pero en aquella sustancia viscosa apenas consiguió moverse. Por suerte, las aguas de la inundación siguieron cayendo, diluyendo la lechada. Cuando todo se calmó, Daba flotó hacia la superficie.

Primero intentó caminar. La lechada que tenía bajo las patas era blanda y acuosa, pero en su superficie flotaba una capa de trozos sólidos de diferentes tamaños y formas, lo cual le permitía arrastrarse. Se precipitó hacia delante mientras la masa le chupaba los pies, hasta que por fin llegó al final de la lechada. Frente a él había una pared blanda, cubierta de cilios casi tan largos como él, como un extraño bosque en miniatura que, tal como sabrían más tarde, era la pared del estómago.

Daba empezó a trepar por la pared del estómago. Fuera a donde fuera, los cilios que lo rodeaban se curvaban para intentar agarrarlo, pero sus movimientos eran lentos y nunca llegaban a conseguirlo. Para entonces los ojos de Daba ya se habían acostumbrado a aquel tenebroso mundo interior, y para su gran sorpresa se dio cuenta de que aquel lugar no estaba del todo oscuro, sino que una tenue luz bañaba el espacio, brillando desde el exterior a través de la piel del dinosaurio. Bajo aquella tenue luz, Daba vio a cuatro de sus compañeros trepando por la pared del estómago y los imitó. Una vez las cinco hormigas se hubieron repuesto un poco del susto, miraron hacia lo que más tarde llamarían mar digestivo, y que no era otra cosa que la lechada de la que acababan de salir.

El mar digestivo era una gran masa de fango viscoso. Su superficie se agitaba lentamente, y de vez en cuando explotaban grandes burbujas que producían aquel familiar ruido retumbante. Cuando una gran burbuja estalló debajo de donde se encontraba, Daba vio un objeto corto y grueso emergiendo de la superficie que, al inclinarse hacia un lado, reconoció como la pata de un lagarto. Momentos después emergió otro objeto triangular gigantesco, que pudo identificar como la cabeza de un pez gracias a unos grandes ojos blancos y una boca. Daba recogió objetos a medio digerir que flotaban en el mar digestivo, en su mayoría huesos y restos masticados de animales, junto con algunos huesos de frutos silvestres.

Justo entonces, una de las hormigas que tenía al lado le dio un codazo para indicarle que prestara atención a la pared del estómago bajo sus patas. Vio que la pared supuraba una mucosidad clara, unas secreciones que se acumulaban formando riachuelos que brillaban en medio de la débil luz mientras bajaban por el bosque de cilios hacia el mar digestivo de abajo. Más tarde se enterarían de que eso eran los jugos gástricos que se encargaban de la digestión. Varias de las hormigas estaban cubiertas de aquel líquido, que les causó un picor que enseguida se transformó en ardor, una sensación que antes solamente habían experimentado durante los ataques de ácido fórmico.

—¡Nos está digiriendo! —gritó una de las hormigas. Daba se sorprendió al comprobar que aún era capaz de distinguir las feromonas de sus compañeros en el cóctel de extraños olores que era aquel aire viciado.

Aquella hormiga tenía razón. Los jugos gástricos del dinosaurio los estaban digiriendo, y sus antenas fueron lo primero en desaparecer. Daba se dio cuenta de que sus propias antenas estaban ya medio corroídas.

—¡Tenemos que salir de aquí cuanto antes! —exclamó Daba.

—Pero ¿cómo? ¡La salida está demasiado lejos! No nos quedan fuerzas… —protestó una hormiga.

—¡No podemos salir, nuestras patas ya han sido digeridas…! —comentó otra. No fue hasta entonces que Daba se dio cuenta de que los jugos gástricos habían consumido parte de sus extremidades. Las otras cuatro hormigas no habían salido mucho mejor paradas.

—Ay, ojalá hubiera una inundación que nos sacara de aquí… —se lamentó una de las hormigas.

Esas palabras le dieron una idea a Daba: miró a la hormiga, y se fijó en que era una hormiga soldado equipada con unas mandíbulas venenosas.

—¡Justamente eres tú quien puede provocar una inundación, so idiota! —le espetó Daba.

La hormiga soldado se quedó mirando desconcertada al líder de la expedición.

—¡Muérdele! ¡Haz que tenga náuseas!

La hormiga soldado comprendió al fin la idea y ni corta ni perezosa se colocó contra la pared del estómago y se puso a dar dentelladas salvajes. Mordió varios cilios, dejando heridas profundas en la pared del estómago, que se estremeció violentamente y empezó a convulsionar y retorcerse. Las hormigas se aferraron a los cilios para evitar salir despedidas. Daba se dio cuenta de que el bosque de cilios se estaba haciendo más espeso, una clara señal de que el estómago se estaba contrayendo y el dinosaurio estaba a punto de vomitar. A medida que el estómago se iba contrayendo, la superficie del mar digestivo empezó a subir, hasta que acabó llevándose consigo a las hormigas.

Arrastradas por la rápida crecida de la marea, en un abrir y cerrar de ojos las cinco hormigas atravesaron el largo esófago, recorrieron la llanura de la lengua y cruzaron las dos hileras de dientes en dirección al inmenso mundo exterior hasta aterrizar pesadamente sobre el césped.

Cuando los cinco miembros de la expedición consiguieron, tras muchos esfuerzos, salir de entre la gran pila de vómito, vieron un mar de hormigas, una multitud de varios cientos de miles de insectos que habían acudido a dar una alegre bienvenida a los grandes exploradores.

Y así fue como comenzó la era de la exploración del cuerpo del dinosaurio. Fue ese un periodo tan importante para la civilización de las hormigas como más tarde lo sería la era de los descubrimientos para la humanidad. Tras la pionera hazaña de Daba, una expedición de hormigas tras otra viajó a las profundidades de los cuerpos de los dinosaurios a través del esófago. Descubrieron que la forma más rápida de entrar en los organismos de los dinosaurios era montar en el agua o la comida que ingerían.

Las hormigas sabían que el cuerpo de un dinosaurio

estaba compuesto de al menos dos sistemas: el sistema digestivo, que ya habían explorado en múltiples ocasiones, y el sistema respiratorio, que nunca habían visitado. Una vez Daba se hubo recuperado de sus heridas, la hormiga de cinco patas dirigió una nueva expedición a través de la tráquea de otro dinosaurio. El equipo estaba compuesto por hormigas más pequeñas, y avanzaron a intervalos muy espaciados para no irritar las vías respiratorias del dinosaurio y evitar una tos que habría dado al traste con la misión.

En comparación con el esófago, el viaje por el tracto respiratorio fue agotador, ya que no había comida ni agua para reponer fuerzas a medio camino, y tuvieron que marchar contra el vendaval. Solo las hormigas más fuertes eran capaces de hacer el viaje, pero el gran explorador y su equipo volvieron a triunfar al entrar por primera vez en el sistema respiratorio de un dinosaurio.

A diferencia del húmedo y sofocante sistema digestivo, el sistema respiratorio era un lugar presidido por feroces vientos. En los pulmones del dinosaurio, las hormigas asistieron a la asombrosa escena del aire disolviéndose en el torrente sanguíneo en el vasto laberinto tridimensional formado por los sacos de aire. Ese río de sangre, que procedía de alguna fuente desconocida, les informó de la existencia de otros mundos en el interior de los dinosaurios. Mucho más tarde supieron que estos no solo tenían un sistema circulatorio, sino también un sistema nervioso y un sistema endocrino.

La tercera etapa de exploración consistió en examinar los cráneos de los dinosaurios. En un primer momento, las hormigas intentaron entrar por las fosas nasales, pero la irritación hizo estornudar al dinosaurio sujeto de estudio, lo cual a su vez hizo que las hormigas salieran disparadas como las balas de una pistola, mucho más rápido que con la tos del tracto respiratorio, y la mayoría de los miembros de la expedición acabaron hechos trizas. Posteriores expediciones de exploración craneal entraron por los oídos con más éxito: las hormigas examinaron los órganos visuales y auditivos de los dinosaurios y observaron estos delicados sistemas. Llegaron incluso al cerebro, aunque no entendían cuál era la función del órgano, y tardaron muchos años en comprender su significado.

Así pues, las hormigas desarrollaron un conocimiento pormenorizado de la anatomía de los dinosaurios que sentó las bases para la revolución médica posterior.

A menudo las hormigas veían dinosaurios enfermos —meros esqueletos de ojos apagados y movimientos lánguidos que no paraban de gemir de dolor, muchos de los cuales acababan muriendo tiempo después—. Las expediciones de hormigas entraron en los cuerpos de esos dinosaurios enfermos en numerosas ocasiones, y cuando los compararon con dinosaurios sanos determinaron con facilidad la posición de los órganos internos enfermos y las lesiones. Las hormigas idearon distintos métodos para tratar las enfermedades internas de los dinosaurios, pero no pudieron ensayar ninguno de ellos. El tratamiento de esas enfermedades era una empresa titánica, pero las hormigas siempre habían entrado en los cuerpos de los dinosaurios sin que estos últimos fueran conscientes de ello: de saber que las hormigas querían introducirse en sus estómagos o cerebros, la gran mayoría se habría negado, aun en el caso de que los insectos tuvieran la intención de curarlos.

Se logró un gran avance con un hadrosaurio llamado Alija, el primer dinosaurio de la historia de la civilización cretácica con nombre conocido.

Un día, Alija llegó penosamente a la Ciudad de Marfil. Con solo un vistazo a su frágil estado, las hormigas supieron que estaba enfermo. Cuando un grupo de unas quinientas hormigas salió a su encuentro para darle la bienvenida y ofrecerle ayuda, tal como hacían con el resto de los pacientes dinosaurios, Alija abrió la boca y se señaló el interior con la garra (gesto innecesario, por otra parte, ya que los dinosaurios solo acudían a ese lugar para que les hicieran una limpieza dental). Sin embargo, el principal médico de las hormigas —un insecto llamado Avi, que más tarde se convertiría en el padre de la medicina de las hormigas— observó que, a diferencia de otros dinosaurios, Alija no se señalaba los dientes, sino un lugar más al fondo, en las profundidades de la garganta. Entonces el dinosaurio se señaló el estómago, haciendo una mueca para indicar que le dolía, y a continuación volvió a hacer un gesto hacia la garganta. No había duda de lo que quería decir: estaba pidiendo a las hormigas que le examinaran el estómago.

Así pues, el doctor Avi se puso al frente de un equipo formado por varias decenas de hormigas con la misión de realizar el primer reconocimiento médico interno de un dinosaurio que dio su consentimiento. El equipo de diagnóstico entró en el estómago de Alija a través del esófago y enseguida descubrió una lesión en la pared del estómago, pero dadas las limitadas capacidades de que disponían, el doctor Avi sabía que una intervención médica importante estaba descartada. Tan pronto como salió de la boca del dinosaurio, pidió una cita de emergencia con el alcalde de la Ciudad de Marfil.

El doctor Avi le explicó la situación al alcalde y pidió otras cincuenta mil hormigas, así como tres kilos de anestésicos y antiinflamatorios.

El alcalde agitó las antenas indignado:

—¿Es que se ha vuelto loco, doctor? ¡Hoy tenemos que atender a muchos pacientes dinosaurios! Si reasignamos tantas hormigas a su equipo, tendremos que retrasar el servicio a casi sesenta dinosaurios… ¡Por no hablar de que una cantidad tan grande de medicina nos duraría cien usos! Ese hadrosaurio está enfermo, y es demasiado débil como para encontrar comida. ¿Cómo nos pagará un tratamiento tan costoso?

—Debe usted mirar a largo plazo, señor alcalde —respondió el doctor—. Si esta intervención tiene éxito, las hormigas no solo trataremos enfermedades dentales, sino que también podremos curar casi cualquier enfermedad. ¡Nuestros intercambios con los dinosaurios se multiplicarán por diez! ¡Por cien! ¡Ganaremos más huesos y carne de los que podremos contar, y la ciudad crecerá como nunca!

Esto convenció al alcalde, que al final accedió a darle a Avi las hormigas, las medicinas y la autoridad que le había pedido. Pronto se concentró un enorme grupo de cincuenta mil hormigas con dos montones de medicamentos. El hadrosaurio enfermo yacía en el suelo mientras el ejército de hormigas entraba en su boca abierta formando enormes columnas, cada hormiga cargando una pequeña mochila llena de medicinas. Cientos de dinosaurios se agolparon en torno a aquel dinosaurio, contemplando boquiabiertos semejante espectáculo.

—¡Ese idiota está dejando que todos esos bichos se le metan en el estómago! —exclamó con desdén un *Tarbosaurus*.

—¿Y qué tiene eso de malo? ¿No les dejamos entrar en nuestras bocas, acaso? —objetó un tiranosaurio.

—¡Yo les dejo que se me metan entre los dientes, pero el estómago ya es otra cosa! —replicó el *Tarbosaurus*.

—Pero si de verdad consiguiesen curar su enfermedad… —comentó un estegosaurio en cuclillas detrás de ellos, mientras estiraba el cuello para ver mejor.

—¿Dejarías que se te metieran en el estómago solo por eso? Luego se nos meterían en la nariz, los oídos, los ojos… ¡e incluso en nuestro cerebro! Quién sabe qué pasaría entonces, ¿eh? —dijo el tarbosaurio mirando al estegosaurio.

—¿Qué más da? Piensa en lo fácil que sería la vida si todas las enfermedades pudieran curarse… —replicó el tiranosaurio mientras se acariciaba el mentón.

—¡Sí! La vida sería mucho más sencilla. Las enfermedades son terribles… —convinieron los dinosaurios allí presentes.

El primer paso de la operación fue administrar anestesia en la herida del estómago de Alija. El anestésico se había extraído de plantas empleadas en intervenciones dentales en dinosaurios. Bajo la dirección del doctor Avi, las hormigas comenzaron a llevar la medicina al estómago del hadrosaurio y, una vez administrada la anestesia, varios miles de hormigas obreras empezaron a cortar el tejido enfermo. Ese fue un proyecto de gran envergadura, porque el tejido gástrico extirpado tuvo que ser extraído del cuerpo del dinosaurio. Las hormigas pasaban trozos de carne de una a otra formando una larga línea negra, al final de la cual, ya fuera del cuerpo del dinosaurio, se acumulaba la carne podrida. El paso final tras extirpar la inflamación por completo fue aplicar el antiinflamatorio en el corte del interior del estómago, lo que dio paso a otra gran procesión rumbo al interior del hadrosaurio. El procedimiento entero duró tres horas y terminó al anochecer. Cuando todas las hormigas se hubieron retirado, Alija les comunicó que el dolor de estómago había desaparecido, y varios días después se recuperó del todo.

La noticia corrió como la pólvora por el mundo de los dinosaurios. El número de reptiles que fueron a la Ciudad de Marfil en busca de tratamiento se multiplicó por más de diez, y paralelamente un número aún mayor de hormigas llegó a la ciudad en busca de comida.

Con este saludable repunte en el negocio, la tecnología médica de las hormigas avanzó a pasos agigantados. Al entrar en los cuerpos de los dinosaurios, aprendieron a tratar diversas enfermedades de los sistemas digestivo y respiratorio, y más tarde pasaron a tratar dolencias de los sistemas circulatorio, visual, auditivo y nervioso, sistemas que requerían una mayor habilidad. Se fueron desarrollando de forma constante nuevos medicamentos, derivados no solo de plantas, sino también de animales y minerales no orgánicos.

Por otro lado, las técnicas endoquirúrgicas de las hormigas progresaron con gran rapidez. Así, por ejemplo, al realizar una cirugía en el sistema digestivo, ya no era necesario que una larga fila de hormigas bajara por el esófago del dinosaurio, sino que en vez de ello entraban formando una «pastilla» —una bola de entre diez y veinte centímetros de diámetro formada por mil hormigas apretadas con fuerza—. El paciente entonces se tragaba una o varias de esas pastillas con agua, como si se tomara una aspirina. Esa técnica mejoró sustancialmente la eficacia de la cirugía.

Mientras la Ciudad de Marfil iba creciendo a una velocidad de vértigo, algunos de los dinosaurios en busca de tratamiento se quedaron allí y establecieron una ciudad propia no lejos de la metrópolis de las hormigas. Como los dinosaurios construyeron sus casas con grandes piedras, las hormigas bautizaron el lugar con el nombre de la Ciudad de Roca. La Ciudad de Marfil y la Ciudad de Roca se convertirían más tarde en las respectivas capitales de los imperios fórmico y saurio de Gondwana.

Varios de los dinosaurios que se marcharon tras recibir tratamiento se llevaron consigo a grupos de hormigas a otras ciudades y colonias de dinosaurios por todo Gondwana. Cuando las hormigas llegaron a esos lugares remotos, los colonos transmitieron la tecnología médica de la Ciudad de Marfil a los habitantes locales. Así fue como la cooperación entre dinosaurios y hormigas se fue extendiendo poco a poco por Gondwana, lo que permitió sentar las bases de la alianza saurio-fórmica.

Hasta entonces, la cooperación entre las dos especies dominantes de la Tierra solo podía considerarse una relación simbiótica avanzada. Las hormigas proporcionaban servicios médicos a los dinosaurios a cambio de comida, y los dinosaurios canjeaban comida por atención médica. Aunque este intercambio evolucionó mucho desde que las hormigas le arrancaron el primer diente al primer dinosaurio, en esencia se mantuvo sin cambios.

Este tipo de asociación mutuamente beneficiosa entre diferentes especies existió durante mucho tiempo en la Tierra, y de hecho sigue existiendo en la actualidad: pensemos, por ejemplo, en la simbiosis que existe entre los organismos marinos, tan parecida a esa relación de cooperación entre hormigas y dinosaurios. Las especies más limpias libran a determinados peces de ectoparásitos, hongos y algas, así como de tejidos dañados y restos de comida, y al hacerlo los limpiadores pueden comer hasta saciarse. Se reúnen en «estaciones de limpieza» fijas a esperar a que llegue el pescado del cliente. Tanto los limpiadores como sus clientes se comunican mediante señales: cuando una gamba, por ejemplo, quiere acercarse a un pez grande para limpiarlo, primero lo toca con las antenas, y si el pez desea ser limpiado, inclina el cuerpo, ensancha las branquias y abre la boca para dar su visto bueno. La gamba no procede a la limpieza hasta que no recibe una respuesta amistosa, porque de lo contrario corre el riesgo de ser devorada. Estas asociaciones de limpieza son extremadamente importantes para los peces. Cuando las especies más limpias son eliminadas de un área determinada, el nivel general de salud de las especies de peces de ese entorno disminuye, al igual que la abundancia.

Sin embargo, ese tipo de relación simbiótica tiene sus limitaciones. Los dos simbiontes se unen únicamente con el propósito de subsistir, y su intercambio se limita a lo necesario para la supervivencia; pero la transición a la civilización exige que los simbiontes intercambien algo más profundo, que se involucren en un nivel más alto de cooperación, para que puedan establecer una alianza que no sea simplemente simbiótica, sino coevolutiva.

Fue entonces cuando en la Ciudad de Roca ocurrió algo que llevó la alianza entre dinosaurios y hormigas a un nivel superior.

3
Tablillas

Las tablillas eran tan importantes para el mundo de los dinosaurios como para nosotros el papel en el que escribimos. También llamadas «piedras de palabras», podían ser fijas o móviles, y consistían en colinas con una pendiente o acantilado relativamente uniforme o grandes rocas con una cara lisa en las que los dinosaurios grababan sus enormes palabras. Las tablillas móviles podían estar hechas de una gran variedad de materiales, los más comunes de los cuales eran la madera, la piedra y el cuero. Las tablillas de madera medían por lo general la mitad del tronco de un árbol partido a lo largo, con caracteres tallados en la sección transversal. Como los dinosaurios todavía no usaban el metal, y mucho menos sierras, no podían fabricar tablas de madera, por lo que en su lugar tuvieron que partir en dos los troncos utilizando enormes hachas de piedra. Las tablillas de piedra eran losas planas con superficies lo bastante blandas como para hacer inscripciones sobre ellas, y las había de diferentes formas y tamaños, aunque incluso las más pequeñas eran tan grandes como nuestras mesas. Las de cuero estaban hechas de pieles de animales o de lagartos, y los caracteres estaban escritos con pintura a base de plantas o minerales. A menudo se fabricaban tablillas mediante la unión de varias de ellas.

Como los dinosaurios tenían unos dedos gruesos y torpes, no podían agarrar pequeños utensilios para tallar y escribir, y carecían de la habilidad necesaria para representar pequeños caracteres. En consecuencia, los símbolos que escribían eran muy grandes: los más pequeños que eran capaces de representar tenían el tamaño de una pelota de fútbol, lo cual suponía que sus tablillas fueran enormes y difíciles de manejar, y que en el mejor de los casos solo cupiese en cada una apenas unos pocos caracteres.

Las tablillas solían ser compartidas por una tribu o asentamiento de dinosaurios, y se usaban para mantener registros simples sobre la propiedad colectiva, los miembros de la tribu, los nacimientos y las muertes o la producción económica. Una tribu de mil dinosaurios necesitaba entre veinte y treinta árboles grandes solo para mantener un registro de sus miembros, y para las actas de una reunión podían hacer falta más de cien pieles. La fabricación de tablillas supuso una disminución significativa del nivel de vida y producción de los dinosaurios, y cuando las tribus o asentamientos se trasladaban —cosa que ocurría con frecuencia en la época de caza—, el transporte de las bibliotecas de tablillas resultó ser una carga aún más pesada. Por esa razón, aunque la sociedad de los dinosaurios había tenido un lenguaje escrito desde hacía mil años, en los últimos siglos su desarrollo cultural había avanzado con gran lentitud y casi se había estancado.

Hasta ese momento, la escritura de los dinosaurios había sido de lo más tosca, con unos pocos números simples y un puñado de pictogramas que estaban muy por detrás de la evolución de su habla. La tardía aparición de la palabra escrita fue el mayor obstáculo para el progreso científico y cultural del mundo de los dinosaurios, y había dejado a su sociedad anquilosada en un estado primitivo durante mucho tiempo. Se trata de un ejemplo clásico de cómo la malformación de las manos de una especie puede obstaculizar su evolución.

Kunda era uno de los cien escribas de la Ciudad de Roca. En el mundo de los dinosaurios, los escribas eran, junto con los mecanógrafos y los impresores, los principales responsables de copiar las tablillas a mano. Justo en ese momento, Kunda y otros veinte escribas estaban trabajando con una montaña de tablillas delante, haciendo una copia del registro de los residentes de la Ciudad de Roca. La mayor parte del registro se había puesto por escrito en tablillas de madera. Cientos de troncos de árboles partidos estaban apilados en montones del tamaño de una colina, lo cual le daba al lugar de trabajo de Kunda el aspecto de uno de nuestros depósitos de madera.

Kunda, con un cuchillo de piedra sin filo en la garra izquierda y un gran martillo de piedra en la derecha, estaba transcribiendo los pictogramas de una tablilla de madera de casi diez metros de largo a dos tablillas nuevas y más cortas. Llevaba días dedicado a esa tediosa tarea, pero parecía que la pila de troncos en blanco que tenía delante no había disminuido. Echó el cuchillo de piedra y el martillo a un lado y se frotó los ojos cansados. Se apoyó en un montón de tablillas y exhaló un profundo suspiro, agotado de su insulsa vida.

En ese preciso instante, un millar de hormigas pasó por el suelo ante él —de regreso de alguna operación de cirugía, supuso el dinosaurio—, y de repente tuvo una idea: se puso en pie, sacó dos tiras de cecina de lagarto luminoso y se las enseñó a la colonia. Los lagartos luminosos eran un tipo de reptil que emitía luz fluorescente por la noche, y cuya carne era la favorita de las hormigas.

Cuando el grupo se le acercó, Kunda señaló primero la tablilla que estaba copiando, y luego la tablilla con solo dos caracteres a medio grabar, mientras les hacía gestos a las hormigas. Los insectos entendieron al instante lo que el dinosaurio quería decirles: se arrastraron sobre la cara blanca y lisa de la tablilla de madera y comenzaron a tallar los caracteres con sus mandíbulas. Kunda se recostó satisfecho contra la pila de tablillas. Era consciente de que las hormigas tardarían mucho más en terminar esta tarea que él, pero tenían más paciencia y tenacidad que cualquier otra criatura del planeta, y al final terminarían. Mientras tanto, él podría relajarse y descansar un rato.

Kunda se quedó dormido. En su sueño, se vio a sí mismo liderando con aire triunfal un formidable ejército de más de un millón de hormigas. El ejército cubrió de negro cientos de tablillas blancas, y al cabo de un rato, cuando la marea de hormigas se retiró, las tablillas se habían vuelto blancas de nuevo, con una línea de caracteres grabados de forma prolija y ordenada en cada una de ellas...

Unos leves pinchazos en el tobillo lo sacaron de su letargo. Al levantar la cabeza, vio que varias hormigas le estaban mordisqueando el tobillo izquierdo, una forma habitual de llamar la atención de un dinosaurio. Al ver que estaba despierto, los insectos señalaron la tablilla con las antenas para indicar que habían terminado el trabajo. Kunda miró el sol y se dio cuenta de que había pasado muy poco tiempo. Entonces miró la tablilla y se puso furioso: las hormigas habían terminado el carácter a medio escribir haciendo que coincidiera con el tamaño original, pero el resto de los símbolos que habían tallado eran muchas veces más pequeños, del tamaño de la cola de los tres caracteres grandes. Un trabajo de tan mala calidad no solo no servía, sino que además había destrozado una tablilla entera.

Kunda sospechaba desde hacía tiempo que las hormigas eran unas granujas, pero ahora tenía pruebas. Levantó una escoba dispuesto a castigarlas, pero tras un segundo vistazo se dio cuenta de algo inesperado: los caracteres que las hormigas habían tallado eran pequeños, pero eran completamente legibles para un dinosaurio. Los que ellos tallaban tenían ese tamaño no para dificultarles o facilitarles la lectura a los dinosaurios, sino porque no tenían manos lo suficientemente diestras para grabar caracteres más pequeños. Pensó que las hormigas, que agitaban sus antenas frenéticamente, bien podrían estar intentando explicarle eso.

Kunda echó a un lado la escoba con una sonrisa de oreja a oreja. Dejó una tira de cecina de lagarto luminoso entre las hormigas y se puso a agitar otra para atraerlas. Entonces se agachó ante la tablilla e hizo un gesto hacia los tres caracteres grandes y la línea de caracteres pequeños para preguntarles si podían tallarlos más pequeños. A las hormigas les costó entender lo que intentaba decirles, pero al final agitaron las antenas en señal de afirmación, se arrastraron hasta la parte en blanco de la tablilla y se pusieron a trabajar. Pronto habían esculpido una línea de caracteres aún más pequeños, cada uno del tamaño de las letras del título de la portada de este libro. Como las hormigas no podían leer, lo único que hacían era reproducir las formas. Kunda les dio la tira de cecina y cortó con un hacha de piedra la sección de la tablilla en la que estaban escritos los caracteres pequeños. Se lo puso bajo el brazo y fue corriendo a ver al prefecto de la ciudad.

Como Kunda tenía un estatus bajo, al llegar a los escalones de la colosal mansión de piedra donde el prefecto tenía su oficina, los guardias le cerraron el paso. Kunda les mostró la pequeña sección de tablilla, y, a medida que los fornidos guardianes fueron inspeccionando el trozo de madera, sus expresiones pasaron de la sorpresa al asombro, como si estuvieran ante una reliquia sagrada. Volviendo sus ojos de nuevo hacia Kunda, se quedaron mirándolo un buen rato como si fuera un gran sabio, y al final lo dejaron pasar.

—¿Qué tienes ahí? ¿Un mondadientes? —preguntó el prefecto al ver a Kunda.

—No, señor; es una tablilla.

—¿Una tablilla? ¿Me tomas por imbécil o qué? Ahí no cabría ni la mitad de una letra.

—Pero hay más de treinta caracteres, señor… —explicó Kunda, entregándole el pequeño trozo de madera.

El prefecto tomó la tablilla con la misma expresión de asombro que los guardias. Al cabo de mucho tiempo, miró a Kunda y dijo:

—Supongo que no lo habrás tallado tú por tu cuenta…

—Claro que no, señor: ¡lo hizo un grupo de hormigas!

La pequeña tablilla pasó de mano en mano entre todos los funcionarios municipales, como si se tratara de una de nuestras valiosas estatuillas de marfil. Se desató una intensa discusión entre los dinosaurios que constituían la clase dominante de la Ciudad de Roca:

—¡Increíble, qué caracteres más pequeños!

—¡Y son completamente legibles!

—Muchos de nuestros antepasados intentaron escribir así, pero ninguno lo consiguió…

—Sí, esos bichos son buenos.

—¡Se nos tendría que haber ocurrido antes que las hormigas iban a servir para algo más que para solucionar nuestros problemas de salud!

—¡Pensad en la cantidad de material que nos ahorraremos!

—¡Sí, y lo fácil que será transportar tablillas! ¡Podría llevar yo solo todo el registro de los habitantes de la ciudad! ¡Antes necesitábamos más de cien dinosaurios para hacerlo!

—Hay otra cosa en la que nadie ha pensado todavía: ¡los materiales que utilizamos para fabricar tablillas también deberían cambiar!

—Sí, ¿por qué tenemos que usar troncos de árbol? Para unos caracteres tan pequeños bastaría con cortezas más ligeras y fáciles de llevar, ¿no?

—¡Sí, las cortezas y las pieles de lagartos pequeños son más baratas!

El prefecto interrumpió la charla:

—¡Muy bien, a partir de ahora las hormigas serán nuestras escribas! ¡Empezaremos creando un equipo de un millón de hormigas o más! Vamos a ver... —El prefecto miró alrededor de la habitación hasta que su mirada se posó en Kunda—. ¡Tú te encargarás de la iniciativa!

Kunda hizo realidad su sueño, y la Ciudad de Roca y el resto del mundo de los dinosaurios ahorró una gran cantidad de madera, piedra y pieles. En comparación con lo que eso significó realmente para la historia de la civilización cretácica, sin embargo, fue un detalle trivial.

La llegada de la letra pequeña escrita por las hormigas hizo posible la transcripción de ingentes cantidades de información. La escritura de los dinosaurios también se volvió más rica y sofisticada, y como resultado de ello la suma de la experiencia y el conocimiento de la especie pudo registrarse de forma completa y sistemática utilizando la palabra escrita y ecuaciones matemáticas. Ahora esa información podía difundirse ampliamente a través de la escritura, cuando antes solo podía conservarse en la memoria y la tradición oral. Este notable avance dio un nuevo impulso a la ciencia y la cultura del Cretácico, haciendo que la civilización cretácica, que había permanecido estancada durante mucho tiempo, entrara en una etapa de desarrollo vertiginoso.

De forma paralela, se encontraron nuevas aplicaciones para la fina motricidad de las hormigas en diferentes ámbitos del mundo de los dinosaurios. Un ejemplo de esto fue la tecnología para medir el tiempo: los dinosaurios habían inventado el reloj de sol hacía mucho, pero como usaban un gran tronco de árbol como gnomon y trazaban líneas horarias aproximadas a su alrededor, era un reloj muy rudimentario que se mantenía siempre fijo en un mismo sitio. Gracias a las habilidades de las hormigas, los relojes de sol se pudieron hacer más pequeños y las líneas horarias más precisas, lo que permitió a los dinosaurios transportarlos. Más tarde, estos últimos inventarían el reloj de arena y el reloj de agua, y aunque podían hacer los contenedores necesarios para esos dispositivos, solo las hormigas eran capaces de perforar los agujeros que les permitían funcionar. La fabricación de relojes mecánicos dependía aún más del trabajo de las hormigas, ya que incluso un reloj de pie más alto que un dinosaurio contenía numerosas piezas pequeñas que solo las hormigas podían convertir en mecanismos.

Más allá de la escritura, no obstante, el campo en el que las habilidades de las hormigas contribuyeron más al crecimiento de la civilización fue la experimentación científica. Gracias a la capacidad de las hormigas para realizar labores delicadas, ahora era posible tomar medidas precisas que antes habían estado fuera del alcance de los dinosaurios, lo cual hizo posible que la experimentación pasara de lo cualitativo a lo cuantitativo. La investigación experimental que en otro tiempo había sido considerada imposible se hizo realidad, y eso se tradujo en rápidos avances en la ciencia del Cretácico.

Las hormigas se habían convertido en una parte fundamental del mundo de los dinosaurios, cuyas élites siempre llevaban consigo un hormiguero en miniatura. La mayoría de esos nidos se asemejaban a una esfera de madera y albergaban a varios cientos de hormigas. Cuando un dinosaurio necesitaba escribir, desplegaba un trozo de corteza o un pergamino sobre la mesa y colocaba su hormiguero junto a él, y entonces las hormigas del interior se movían sobre el pergamino grabando las palabras que les dictaba el dinosaurio. Estas escribían de forma muy diferente a nosotros, empleando un método de escritura en el que un gran número de ellas tallaban muchos caracteres al mismo tiempo, lo que les permitió superar con creces nuestra velocidad de escritura a mano. Como es natural, ese hormiguero de bolsillo también fue útil para muchas otras tareas que requerían gran precisión.

Por su parte, las hormigas recibieron de los dinosaurios mucho más que huesos y carne. Después de comenzar esta nueva asociación entre ambas especies, el primer activo intangible que el mundo de las hormigas obtuvo de los dinosaurios fue la lengua escrita. Las hormigas nunca antes habían tenido escritura, e incluso después de que empezaran a escribir para los dinosaurios, siguieron siendo ágrafas. Se limitaron a realizar trabajos de mera reproducción, copiando caracteres sobre las tablillas grandes de los dinosaurios en papel, e incluso entonces su eficiencia era baja, ya que solo podían copiar un trazo cada vez; pero los dinosaurios necesitaban urgentemente hormigas que pudieran transcribir dictados como si fueran secretarias, y los insectos, conscientes de la importancia de la lengua escrita para una sociedad, se morían de ganas de aprender. Gracias a un esfuerzo conjunto de ambas partes, las hormigas no tardaron en dominar la lengua de los dinosaurios, y la tomaron prestada para usarla en su propia sociedad.

La adopción del lenguaje escrito de los dinosaurios por parte de las hormigas fue como un puente entre sus respectivos mundos. Con el tiempo, las hormigas llegaron a comprender la lengua de los dinosaurios, pero la anatomía de los reptiles les impedía llegar a entender algún día el lenguaje basado en feromonas de las hormigas, de modo que tan solo se produjeron intercambios simples entre ambos mundos. Con el dominio de la lengua escrita por parte de las hormigas, sin embargo, se produjo un cambio de paradigma fundamental: las hormigas podían comunicarse con los dinosaurios a través de la escritura. Para facilitar la comunicación, idearon un asombroso método de escritura: en un área cuadrada se concentraban miles de hormigas que formaban líneas de texto, una técnica que con el tiempo se fue perfeccionando hasta que al final la transición entre formaciones fue tan rápida que el bloque de hormigas se parecía a los datos de la pantalla de un ordenador.

A medida que la comunicación entre los dos mundos fue mejorando, las hormigas adquirieron aún más conocimientos e ideas de los dinosaurios, ya que cada nuevo logro científico y cultural podía difundirse rápidamente por todo el mundo de las hormigas. Así fue como se palió el gran defecto de la sociedad de las hormigas —la falta de pensamiento creativo—, lo cual dio lugar a un rápido avance de su civilización.

El resultado de la alianza entre ambas especies fue que las hormigas se convirtieron en las manos de los dinosaurios, y los dinosaurios en una fuente de ideas para las hormigas. La fusión de estas dos inteligencias en ciernes a finales del Cretácico acabó provocando una espectacular reacción en cadena. El sol de la civilización se elevó sobre el corazón de Gondwana e iluminó con su luz la larga noche de la historia evolutiva de la vida sobre la Tierra.

4
El aspecto de Dios

El tiempo pasó volando, y transcurrieron mil años. La civilización cretácica entró en una nueva era cuando las hormigas y los dinosaurios establecieron sus respectivos imperios.

El mundo de los dinosaurios estrenó la era de las máquinas de vapor. Comenzaron a extraer minerales a gran escala y fundieron y utilizaron una gran variedad de metales, y si bien todavía no habían descubierto la electricidad, ya manejaban enormes y complejas máquinas con motores de vapor. Los dinosaurios construyeron en todos los rincones del continente inmensas ciudades que estaban conectadas por una tupida red de vías férreas. Los trenes que circulaban por esos raíles tenían vagones del tamaño de nuestros edificios de cinco o seis pisos, y eran arrastrados por locomotoras de vapor igualmente gigantescas que hacían temblar la tierra allá por donde pasaban, emitiendo vapor que parecían nubes en el horizonte.

Los dinosaurios también construyeron globos de transporte capaces de volar muy alto que proyectaban sombras que cubrían ciudades enteras a su paso, así como grandes barcos que surcaban los principales océanos y estaban propulsados por motores de vapor o velas enormes. Flotas enteras de estos barcos, que se asemejaban a cadenas montañosas flotantes, llevaron dinosaurios y hormigas de Gondwana a otros continentes, difundiendo el modelo de civilización basado en la alianza sauriofórmica en todo el mundo del Cretácico superior.

El tamaño del Imperio fórmico no tenía parangón en el mundo. Al no vivir más que en nidos subterráneos, sus ciudades salpicaban todos los continentes como una constelación de estrellas. Del mismo modo que nos cuesta comprender la inmensidad de la civilización de los dinosaurios, nos resulta difícil imaginar la extraordinaria minuciosidad y delicadeza de la civilización de las hormigas.

Por lo general, sus ciudades tan solo medían lo que nuestros campos de fútbol, pero al examinarlas cuidadosamente con una lupa, la escala y complejidad de dichas urbanizaciones se volvía sobrecogedora. Sus edificios solían tener entre uno y dos metros de altura, con estructuras internas muy complejas, como laberintos tridimensionales. Sus trenes eran tan grandes como nuestros coches de juguete más pequeños, y sus globos de transporte eran como pompas de jabón que flotaban con el viento. Los vehículos de las hormigas, sin embargo, solo podían cubrir distancias cortas, y si querían viajar más lejos tenían que recurrir a los trenes, los globos o los barcos de los dinosaurios.

Los mundos de las hormigas y los dinosaurios mantuvieron una relación cooperativa de mutua dependencia. Los dinosaurios habían inventado una tecnología de impresión que les permitía imprimir en poco tiempo grandes cantidades de texto en papel mediante máquinas, y también habían creado máquinas de escribir con teclas del tamaño de nuestras pantallas de ordenador en las que cabían sus gruesos dedos. Aunque los dinosaurios ya no necesitaban que las hormigas escribieran para ellos, en muchos otros campos las delicadas habilidades motoras de los insectos se habían vuelto más indispensables que nunca —al fin y al cabo, habría sido imposible fabricar imprentas y máquinas de escribir sin un gran número de piezas de precisión mecanizadas por las hormigas, por lo que la aparición de la industria a gran escala en el mundo de los dinosaurios aumentó la demanda de habilidades de manipulación fina: desde válvulas y medidores de motores de vapor hasta brújulas de transatlánticos, los procesos de fabricación de todos estos productos exigían el hábil toque de las hormigas—. El campo de la medicina, el embrión de la alianza saurio-fórmica, estaba más dominado que nunca por las hormigas, ya que los reptiles nunca llegaron a aprender a operar a pacientes de su propia especie por culpa de sus dedos.

Los mundos de los dinosaurios y las hormigas dependían el uno del otro, pero cada uno era independiente, lo que dio pie a la formación de unas relaciones económicas más avanzadas. En el mundo había dos monedas en circulación: el papel moneda de los dinosaurios, que tenía el tamaño de nuestros paneles de tatami, por un lado, y los minúsculos trozos de papel que usaban las hormigas, por otro. Ambas monedas eran intercambiables.

Durante el primer milenio de la civilización cretácica, las relaciones entre estos dos mundos fueron armoniosas y, en general, estuvieron exentas de tensiones. Esto fue posible en gran medida gracias a su mutua interdependencia, ya que la desintegración de la alianza los habría abocado a una crisis de consecuencias letales. Otra razón importante era que las hormigas vivían en una sociedad de bajo consumo que ocupaba muy poco espacio y cuyas necesidades materiales podían satisfacerse fácilmente. Gran parte del territorio del Imperio fórmico se superponía al del Imperio saurio, aunque sin que hubiera interferencias, lo que permitió que dinosaurios y hormigas coexistieran sin llegar a competir entre sí.

Sin embargo, y como no podía ser de otra forma, las marcadas diferencias en las fisiologías y estructuras sociales de ambas especies se traducían en un abismo cultural infranqueable que separaba a ambas civilizaciones, motivo por el cual los mundos de las hormigas y los dinosaurios nunca llegaron a ser realmente uno. Conforme iba avanzando la civilización, era solo cuestión de tiempo que se produjera un choque intercultural entre ambos mundos.

Con el crecimiento de sus respectivas inteligencias, tanto las hormigas como los dinosaurios fueron cada vez más conscientes de la inmensidad del cosmos, pero la investigación exploratoria de las leyes del universo seguía en pañales. El precario estado de la ciencia llevó al nacimiento de la religión, y en ambos mundos el fanatismo religioso alcanzó altas cotas. A medida que las diferencias entre ambas civilizaciones fueron quedando de manifiesto en la religión, se fue gestando una crisis larvada que proyectó negras nubes sobre la civilización del Cretácico.

Cada año se celebraba una cumbre saurio-fórmica en la Ciudad de Roca, en la cual los soberanos de ambos imperios deliberaban acerca de los principales problemas que afrontaban sus respectivos mundos. Las capitales de estos imperios seguían siendo la Ciudad de Roca y la Ciudad de Marfil. En comparación con la magnífica ciudad de los dinosaurios, la de las hormigas parecía un discreto sello postal pegado a un costado, pero ambas urbes tenían el mismo estatus, y por ese motivo la reina Lasini del Imperio fórmico fue recibida con todos los honores a su llegada al noble palacio del Imperio saurio. Cada vez que altos cargos de las hormigas viajaban, los acompañaba un contingente de soldados conocido como «cuerpo de palabras», cuya función consistía en adoptar las formaciones de palabras necesarias para facilitar la comunicación durante las negociaciones entre las hormigas y los dinosaurios. El tamaño del contingente dependía del rango del funcionario, el de la reina era el más numeroso, con cien mil efectivos.

En medio de una fanfarria de cornetas tocadas por una guardia de honor de dinosaurios, una falange de cien mil hormigas siguió a la reina por el pasillo. El cuadrado negro de dos metros cuadrados se movía lentamente por un suelo liso y brillante como un espejo, y se paró ante el emperador dinosaurio, que había acudido a recibir a la reina.

El emperador Urus fue el primero en saludar a la reina de las hormigas:

—Reina Lasini, ¿estáis frente a ese cuadrado negro?

¿Cuánto tiempo ha pasado desde la última vez que nos vimos? ¿Un año? —Urus se inclinó y se quedó un buen rato mirando al suelo ante el cuerpo de palabras; luego negó con la cabeza—. Recuerdo que la última vez aún podía verte, ¡pero ahora me es imposible! Ay, pero ahora soy viejo y mis ojos ya no son lo que eran…

El cuadrado negro se disolvió y formó una línea de texto grande:

—Puede que sea culpa del color del suelo: aquí deberíais usar mármol blanco, para así poder verme mejor. Su majestad imperial Lasini, soberana del Imperio fórmico, presenta sus respetos a su majestad imperial, el emperador Urus.

Urus sonrió y asintió:

—Mis saludos también a su majestad imperial. Supongo que el emisario imperial os informó de la agenda de esta cumbre.

Mirando al imponente emperador dinosaurio que tenía ante ella, la reina Lasini inclinó las antenas y dio una respuesta en forma de feromona. Nada más recibir la señal química, los comandantes en primera fila transmitieron las instrucciones a la falange que tenían detrás. Los disciplinados soldados del cuerpo de palabras cambiaron de formación como una máquina bien engrasada, formando las palabras de la reina en un abrir y cerrar de ojos:

—El objetivo de esta cumbre es resolver la disputa religiosa entre nuestros dos mundos. Llevamos arrastrando este problema desde el reinado del difunto emperador, y ahora se ha convertido en la peor crisis que jamás haya enfrentado la alianza saurio-fórmica. Espero que su majestad sepa que, como consecuencia de ello, la Tierra se encuentra al borde del desastre.

Urus asintió de nuevo:

—Sí, su majestad. Espero que también seáis consciente de lo difícil que resulta resolver esta crisis. ¿Por dónde proponéis empezar?

La reina pensó por un instante antes de responder, y el cuerpo de palabras se reagrupó en el suelo de mármol a la velocidad del rayo:

—Comencemos con aquello en lo que estamos de acuerdo.

—Muy bien: los dinosaurios y las hormigas están de acuerdo en que este mundo solo puede tener un Dios.

—Así es.

Los dos gobernantes guardaron silencio por un momento, y entonces Urus dijo:

—Deberíamos discutir sobre cómo es Dios, aunque ya lo hemos hecho miles de veces.

—Sí, ahí está el meollo del asunto —convino Lasini.

—Está claro que Dios se parece a un dinosaurio —sentenció el emperador dinosaurio—. Hemos visto a Dios a través de nuestra fe, y su imagen es la encarnación de todos los dinosaurios.

—Dios es más parecido a una hormiga, qué duda cabe —replicó la reina de las hormigas—. Nosotros también hemos visto a Dios a través de nuestra fe, y todas las hormigas se reflejan en su imagen.

Urus sonrió y negó con la cabeza.

—Reina Lasini, si tuvierais la más mínima razón o sentido común, este problema no sería tan difícil de resolver. ¿De verdad creéis que Dios es una mota de polvo como vos? ¿Qué clase de Dios podría crear un mundo tan grande como este?

—En el tamaño no está la fuerza —protestó Lasini—. Comparados con las montañas y los océanos, los dinosaurios también son polvo.

—Pero nosotros tenemos imaginación, y vos no —objetó Urus—. La sociedad de las hormigas no es más que una máquina de precisión en la que cada hormiga no es más que un mero engranaje.

—El pensamiento por sí solo no puede crear el mundo. Sin nuestra habilidad no habrían sido posibles la mayoría de los inventos de los dinosaurios. La creación del mundo fue claramente una empresa precisa y meticulosa. Solo un Dios hormiga podría haberlo logrado.

Urus se echó a reír:

—Lo que me parece más indignante de vosotras las hormigas, son vuestras lamentables imaginaciones. Tal vez esos diminutos cerebros vuestros solo sirvan para simples operaciones aritméticas. ¡Son pequeños engranajes de una máquina, está clarísimo!

Mientras hablaba, inclinó la cara hacia el suelo y le susurró a la reina de las hormigas:

—Déjame decirte una cosa: cuando Dios creó el mundo, no necesitó ninguna acción. Dios simplemente dio forma a sus pensamientos y, ¡zas!, ¡sus pensamientos crearon el mundo! ¡Ja, ja, ja! —dijo mientras volvía a enderezarse entre carcajadas.

—Mi señor, no vine aquí para hablar de metafísica con vos. Esta prolongada disputa entre nuestros dos mundos debe quedar zanjada en esta reunión.

Urus levantó las garras y gritó:

—¡Ah, otra cosa en la que estamos de acuerdo! Sí, la disputa debe resolverse de una vez por todas. Su majestad, os invito a que propongáis una solución vos primero.

Lasini ofreció su respuesta sin dudar. Para transmitir su solemnidad, el cuerpo de palabras añadió una marquesina alrededor de sus palabras:

—El Imperio saurio debe demoler de inmediato todos los templos consagrados a un dios dinosaurio.

Urus y sus ministros intercambiaron miradas y prorrumpieron en carcajadas.

—¡Ja, ja! ¡Grandes palabras de un insecto insignificante!

Lasini continuó:

—Las hormigas suspenderán todo el trabajo en el Imperio saurio y se retirarán por completo de todas las ciudades de dinosaurios. No regresaremos ni reanudaremos el trabajo hasta que los templos hayan sido demolidos de acuerdo con nuestras demandas.

—El Imperio saurio también lanza un ultimátum: el Imperio fórmico debe demoler todos los templos consagrados a un dios hormiga para el fin de semana. Cuando termine el plazo, el Ejército Imperial pisoteará cualquier ciudad hormiga en la que todavía haya templos dedicados a un dios hormiga —anunció Urus.

—¿Es eso una declaración de guerra? —preguntó impasible Lasini.

—Espero que no llegue la sangre al río. Sería una vergüenza para los soldados dinosaurio tener que enfrentarse a unos bichos tan pequeños como vosotros.

Sin responder, la hormiga se dio la vuelta y se alejó.

Las filas del cuerpo de palabras se separaron para dejarla pasar y se cerraron inmediatamente detrás de ella. Luego, siguieron a su reina fuera del palacio.

En ese momento hubo un revuelo entre los dinosaurios. Observaron cómo las hormigas emergían de los nidos en miniatura que colgaban alrededor de sus cuerpos o colocaban en las mesas frente a ellos.

Aunque la industria de la impresión de los dinosaurios ya estaba mecanizada, los dinosaurios particulares todavía dependían de las hormigas para transcribir sus palabras. De la misma manera que nosotros llevamos encima bolígrafos, todos ellos cargaban con pequeños nidos que variaban en tamaño y que en algunos casos eran auténticas obras de arte. Entre los dinosaurios, se habían convertido en un adorno personal imprescindible y en un símbolo de riqueza y distinción. Las hormigas que habitaban esos nidos, sin embargo, no eran propiedad personal de los dinosaurios, sino que tuvieron que ser contratadas al Imperio fórmico, y en última instancia respondían únicamente a su reina. Arrastrándose desde las mesas y los cuerpos de los dinosaurios, estas hormigas corrieron por el suelo para unirse a la falange que se alejaba.

—¡Pero bueno…! Si todos se marchan, ¿cómo voy yo a redactar y revisar documentos? —exclamó un ministro dinosaurio.

Urus agitó una garra:

—No tardarán en volver al trabajo —dijo con desdén—. El mundo de las hormigas no puede sobrevivir sin nosotros. Hum, les demostraremos a esos bichitos que realmente tenemos el poder de Dios de nuestro lado.

En la puerta, Lasini se dio la vuelta y habló, y el cuerpo de palabras formó rápidamente una línea de texto:

—Eso es exactamente lo que el Imperio fórmico os demostrará.

5
El arma de las hormigas

—¿Cómo? ¿Que vamos a ir a la guerra con los dinosaurios…? ¡Eso es una locura! Ellos son enormes, y nosotros demasiado pequeños… —exclamó uno de los ministros de las hormigas. En el palacio imperial de la Ciudad de Marfil, el alto mando acababa de escuchar el relato de la reina sobre la cumbre con los dinosaurios.

—El Imperio ha recorrido un largo camino para llegar a donde se encuentra hoy. ¡Cualquiera que a estas alturas siga tomando el tamaño como medida de fuerza es un idiota! —dijo el mariscal Donlira, comandante en jefe del Ejército Imperial. Se volvió hacia la reina y continuó—: ¡Majestad, estad segura de que el Ejército Imperial es lo suficientemente poderoso como para derrotar a esas torpes bestias!

—Hablar por hablar es muy fácil —le riñó el ministro al mariscal—. Sí, es cierto que usted ha liderado el ejército en infinidad de batallas y ha navegado en barcos de dinosaurios para librar guerras en otros continentes, pero entonces solo luchaba contra tribus de hormigas rebeldes. ¡En una guerra con seres mucho más grandes que nosotros, dudo mucho que una de sus tropas pudiera vencer a un lagarto siquiera!

La reina inclinó las antenas hacia el mariscal.

—Sí, Donlira: no quiero palabrería, sino estrategia y tácticas detalladas. En una semana iremos a la guerra. Dime, ¿qué hará el Ejército Imperial entonces?

—Después de más de mil años ofreciendo servicios médicos, conocemos los detalles más íntimos de la anatomía de los dinosaurios. El Ejército Imperial penetrará en los cuerpos de los dinosaurios y atacará sus puntos vitales. Para ese tipo de guerra, nuestro pequeño tamaño es una ventaja.

—¿Y cómo lo hará? ¿Mientras duermen? —preguntó otro ministro.

El mariscal agitó sus antenas en desacuerdo.

—No, desde un punto de vista moral, no podemos ser nosotros quienes demos el primer golpe. El ataque contra los dinosaurios se llevará a cabo en el campo de batalla.

—¡Como si eso fuera tan fácil! En el campo de batalla, los dinosaurios estarán despiertos y corriendo. ¿Cómo podrán sus soldados escalar sus cuerpos? Aun en el caso de que se quedaran quietos para dejarlos subir, ¿cuánto tardarían en llegar a la nariz y la boca? ¡Para cuando su ejército entre en su organismo, ya habrán pisoteado nuestra capital!

En vez de responder directamente, el mariscal miró a todas las hormigas del alto mando y dijo:

—Camaradas, nuestra preclara reina Lasini previó hace mucho tiempo que la alianza saurio-fórmica se rompería, y al principio de su reinado ordenó al Ejército Imperial iniciar los preparativos para una guerra con los dinosaurios.

Después de una larga investigación, hemos desarrollado nuevas armas y técnicas de combate que podemos usar contra ellos. Ahora, si me lo permiten, haremos una demostración de dos piezas clave del equipo.

Todas las hormigas del alto mando fueron a la plaza que había fuera de palacio. Allí les esperaban más de una veintena de hormigas soldado pertrechadas con un dispositivo de aspecto peculiar que consistía en una pequeña honda fijada a una base alargada. Las hormigas soldado tensaron el cordón elástico de la honda y engancharon la tela en un mecanismo en el extremo más alejado de la base; entonces se metieron en la tela y se apiñaron formando un proyectil negro. Una hormiga soldado que se encontraba junto a la base accionó una pequeña palanca, que con un chasquido liberó el mecanismo y lanzó el proyectil negro veinte metros en el aire. Al alcanzar su altura máxima, el proyectil se desintegró y la veintena de hormigas soldado revoloteó en el aire, sus negros cuerpos refulgiendo bajo el sol.

—Este equipo se llama catapulta fórmica, y es la solución a los problemas planteados por el señor ministro —explicó el mariscal Donlira.

—Hum... Unas acrobacias que no sirven para nada... —comentó con desdén uno de los ministros.

—La base estratégica del Ejército Imperial es la ofensiva —señaló otro ministro—. Recuerdo que hace tiempo usted mismo dijo que el objetivo operativo era «atacar, atacar y atacar». Parece que ha cambiado, y ahora se trata de «defender, defender y defender»...

—No, la ofensiva sigue siendo la base estratégica del Ejército Imperial —negó el mariscal.

—Pero ¿cómo? Aunque esos pequeños artilugios suyos realmente funcionen, es evidente que no podemos usarlos para atacar la Ciudad de Roca. Tendremos que esperar a que los dinosaurios ataquen nuestra capital.

—Bien, a continuación presentaremos un arma que puede usarse para atacar ciudades de dinosaurios.

El mariscal agitó las antenas y varias hormigas soldado trajeron unas bolitas amarillas que parecían granos de arroz. Uno de los soldados se dio la vuelta y echó una gota de ácido fórmico sobre uno de los granos, que al cabo de un minuto se incendió con un destello de una blanca luz cegadora. La violenta combustión duró alrededor de diez segundos y luego se extinguió.

—Esta arma se llama «mina granular». Es un tipo de bomba incendiaria de relojería con una mecha que se activa con ácido fórmico. El retraso puede durar desde unos pocos segundos hasta varias horas. Una vez que el ácido fórmico atraviesa la capa exterior, la mina se quema, lo cual produce temperaturas lo suficientemente altas como para encender todo tipo de materiales inflamables.

Los funcionarios reunidos agitaron las antenas con incredulidad.

—¡Eso es un juguete para niños! —exclamó un ministro—. ¡Aunque una de esas cosas estallase en la frente del mismísimo emperador dinosaurio, no le haría más que una quemadura de nada! ¡¿Cómo va eso a destruir la Ciudad de Roca?!

—¡Ya verán el poder que tiene! —replicó el mariscal con confianza.

6
La Primera Guerra Saurio-fórmica

Tras las fuertes lluvias de la noche anterior, los oscuros nubarrones se habían disipado y el día había amanecido con una mañana brillante y soleada. El cielo estaba despejado y el aire estaba limpio. Bajo la luz del sol naciente la tierra rebosaba vida, como si la naturaleza hubiera preparado el escenario para la batalla que decidiría el destino de la civilización cretácica.

La guerra se produjo en la amplia llanura entre la Ciudad de Roca y la Ciudad de Marfil. Mirando en dirección opuesta, las respectivas capitales de los imperios fórmico y saurio apenas podían verse a lo lejos. Dos mil soldados dinosaurio formaron una falange ante la Ciudad de Marfil, y a las hormigas que allí vivían les pareció como si se hubiera levantado un muro colosal en el horizonte. A diferencia de anteriores batallas contra miembros de su propia especie, los soldados dinosaurio no llevaban armaduras ni armas, y es que les habían dicho que todo lo que tenían que hacer era marchar en formación a través de la ciudad de las hormigas. Frente a los dinosaurios, diez millones de hormigas de la Ciudad de

Marfil estaban agrupadas en más de cien falanges que alfombraban el suelo de negro.

Un tiranosaurio al frente de la falange de dinosaurios rompió el silencio. Era el general de división Ishta, cuya voz sonaba como un trueno que retumbara en la lejanía:

—¡Bichejos, solo quedan diez minutos para que termine el plazo del imperio! ¡Si ahora volvéis a la Ciudad de Marfil y destruís vuestros templos y luego regresáis al trabajo en la Ciudad de Roca, puedo daros más tiempo! ¡Si no, el Ejército Imperial pasará al ataque! Fijaos en los dos mil soldados que tenéis enfrente: representan menos de una milésima parte de las fuerzas del Ejército Imperial, ¡pero son más que capaces de aplastar la capital del Imperio fórmico! Las ciudades de juguete que nuestros hijos construyen con bloques de madera son más grandes que vuestra Ciudad de Marfil. ¡Podrían inundarla con solo mear encima! ¡Ja, ja, ja…!

Un silencio sepulcral cayó sobre el campo de batalla. El sol del Cretácico se elevó en silencio, y pronto pasaron diez minutos.

—¡Al ataque! —ordenó con un grito el general Ishta. La falange de dinosaurios comenzó a avanzar. El suelo tembló bajo el paso ordenado de dos mil dinosaurios, generando ondas en los charcos que había dejado la lluvia. Las hormigas no se movieron.

—Reina Lasini y mariscal Donlira, no sé dónde estáis, pero si no ordenáis a estos bichos que se aparten, ¡los haremos papilla! ¡Ja, ja, ja! —amenazó Ishta con un rugido que dirigió hacia las oscuras falanges de hormigas, que tenía cada vez más cerca.

Justo en ese momento, el general dinosaurio observó

un cambio en las filas enemigas: al mirar con más detenimiento, se dio cuenta de que la infantería de las hormigas había levantado un sinfín de estructuras diminutas, como briznas de hierba que hubiesen brotado de repente de entre la tierra negra. Esas briznas de hierba no eran nada más y nada menos que cien mil catapultas fórmicas, pero obviamente Ishta no era consciente de ello. Le asaltó la duda, pero la falange de dinosaurios siguió adelante.

Entonces se produjo en el ejército de las hormigas un segundo cambio sorprendente: de repente se formó en la negra superficie que cubría el suelo un gran número de pequeñas esferas. Ishta no pudo evitar pensar en los movimientos del cuerpo de palabras de hormigas, y por un momento creyó que aquellos diez millones de insectos tenían la intención de deletrear algo, pero al final no se movieron.

La falange de dinosaurios continuó avanzando hasta que se situó a tan solo diez metros de la primera línea de las hormigas. A esa distancia, Ishta pudo distinguir claramente la forma de las catapultas fórmicas. Solo entonces se dio cuenta de que eran tirachinas en miniatura con las cuerdas tensas, ¡y con un grupo de hormigas en cada uno!

Se oyó un suave repiqueteo, como el sonido de una fuerte lluvia golpeando la superficie del agua, cuando cien mil proyectiles de hormigas salieron disparados como una nube de moscas alzando el vuelo. El suelo delante de Ishta recuperó de golpe su color original, mientras las pequeñas esferas se elevaban en el aire y se desintegraban formando grupos de decenas hormigas que se precipitaron sobre la vanguardia del ejército saurio como una lluvia. El aire que envolvía a los dinosaurios estaba cargado de hormigas, tantas que si se descuidaban corrían el riesgo de que se les metieran en las fosas nasales. Empezaron a sacudirse la cabeza y el cuerpo con fuerza, lo cual hizo que la falange de dinosaurios se dispersara.

Algunas de las hormigas que aterrizaron en la cabeza del general Ishta salieron despedidas, pero otras se escondieron entre los pliegues de la áspera piel de sus garras. Cuando el dinosaurio se puso a sacudirse el cuerpo, varias hormigas soldado treparon hasta el borde de su frente en busca de los ojos. Al arrastrarse por la amplia coronilla del tiranosaurio, las hormigas se sintieron como si estuvieran viajando por una meseta llena de barrancos. La meseta se balanceaba como un columpio y tuvieron que aferrarse al suelo para evitar salir disparadas.

Cuando llegaron al borde, miraron hacia abajo y presenciaron una sobrecogedora escena. Imagina por un instante que estás de pie en la cima de una montaña mientras esta se mueve por la tierra caminando con un par de piernas enormes. ¡Y lo más aterrador de todo es que, al levantar la vista, ves a más de otras mil montañas en movimiento!

Las hormigas soldado encontraron el ojo derecho del dinosaurio. Para ellas, el enorme ojo se parecía a un estanque redondo que se había quedado congelado, una superficie translúcida ligeramente curvada y con una pronunciada pendiente hacia abajo. Tres de las hormigas soldado se abrieron paso con cuidado hacia la membrana vidriosa. El menor paso en falso en el párpado del dinosaurio, que era tan resbaladizo como una capa de hielo, las habría hecho resbalar y precipitarse al vacío. Los insectos empezaron a roer el húmedo hielo con sus poderosas mandíbulas. Irritado por los mordiscos, el ojo del dinosaurio comenzó a secretar lágrimas, que atravesaron el estanque helado como una inundación que expulsó a las tres hormigas del párpado.

Justo cuando Ishta intentó frotarse el ojo, otras tres hormigas se le metieron en la nariz. En medio de un fuerte vendaval, avanzaron con pericia a través de un enredado bosque de pelos nasales para no provocarle un estornudo al dinosaurio. Rápidamente recorrieron las fosas nasales hasta la parte posterior del globo ocular, trazando una ruta que conocían muy bien después de innumerables cirugías. Se dirigieron hacia el cerebro siguiendo el nervio óptico.

Finas membranas les bloqueaban el paso por todas partes, pero practicaron un pequeño agujero a base de mordiscos y se deslizaron por él. El agujero era tan pequeño que el dinosaurio no sintió nada.

Las hormigas acabaron llegando al cerebro, plácidamente suspendidas en un mar de líquido cefalorraquídeo como una misteriosa forma de vida independiente. Tras una meticulosa búsqueda, encontraron la principal arteria que suministra sangre al cerebro. A través de la pared de la tubería translúcida, pudieron ver sangre de color rojo oscuro que corría con un ruido sordo. En ese momento, el cerebro de Ishta estaba haciendo esfuerzos extras para procesar las enormes cantidades de información del campo de batalla que recibía de los nervios ópticos y auditivos, y ese torrente de sangre le proporcionaba la energía y el oxígeno necesarios. Las tres hormigas eran técnicos neuroquirúrgicos, y habían estado en ese lugar infinidad de veces para limpiar vasos sanguíneos obstruidos, lo cual permitió salvar incontables vidas de dinosaurios. Ahora, en cambio, harían lo contrario: comenzaron a cortar las paredes de las arterias con sus afiladas mandíbulas, trabajando con gran esmero y pericia. Cuando los tres rasguños hubieron adquirido la forma de un círculo cerrado, las hormigas se marcharon por donde habían venido, ya que no tenían ningunas ganas de quedarse ahí para ver el resultado final. Como avezados cirujanos que eran, sabían exactamente lo que iba a pasar: la alta presión arterial haría que las gotas de sangre salieran de las heridas en la pared de la arteria, y entonces, como un cristal perforado por un cortador de vidrio, la fractura se ensancharía y la pequeña sección circular de la pared del vaso sanguíneo se desprendería, dejando en su lugar un agujero redondo. Un torrente de sangre brotaría del orificio, y zarcillos de líquido carmesí teñirían de rojo el fluido cerebral. Privado de su suministro de sangre, el cerebro se estremecería y palidecería.

Ishta estaba gritando órdenes en medio del caos en el que se había convertido el campo de batalla, intentando reagrupar a los dinosaurios en formación de ataque, cuando de repente todo se oscureció ante sus ojos y el mundo comenzó a girar. Las tres hormigas que corrían por su cavidad nasal sintieron una sensación de ingravidez, seguida de un estremecimiento. Todo a su alrededor empezó a dar vueltas y vueltas hasta que al final se paró. Sabían que el dinosaurio había caído al suelo. Entonces el vendaval del aliento que soplaba en las fosas nasales se detuvo y el lejano y tenue latido del corazón se apagó. El tiranosaurio Ishta, general del Ejército Imperial saurio, había muerto fulminado por una hemorragia cerebral.

Los dinosaurios fueron cayendo como moscas en el campo de batalla. Aparte de los que acabaron corriendo la misma suerte que su comandante, otros tantos murieron por la ruptura de arterias coronarias o paralizados por la fractura de la médula espinal. Las hormigas habían entrado en los cuerpos de sus enemigos a través de sus oídos, narices y bocas.

Después de esta ofensiva, las bajas entre los dinosaurios subieron a más de trescientas. Cuerpos gigantescos sembraban el campo de batalla, donde resonaban los gemidos de los reptiles moribundos. Los supervivientes, aterrorizados al ver esta escena de pesadilla, huyeron despavoridos del campo de batalla; aunque dentro de muchos de esos dinosaurios los soldados hormiga todavía estaban llevando a cabo sus ataques, y a medio camino se desplomaron otros tantos.

Mientras repelía el ataque contra la Ciudad de Marfil, el Imperio fórmico estaba emprendiendo otra importante operación militar. La guerra contra las hormigas no había perturbado demasiado el día a día de la Ciudad de Roca: a corto plazo, la partida de las hormigas y la pérdida de sus servicios no fue un golpe devastador para los dinosaurios, sino más bien una incomodidad en sus vidas. En cuanto a la guerra, la población no estaba demasiado preocupada, ya que confiaban en que el poderoso Ejército Imperial derrotara con facilidad a esos microscópicos insectos. Les parecía excesivo tener que movilizar a dos mil soldados solo para aplastar esa ciudad del tamaño de la zona de un parque en la que los niños juegan con la arena, pero se autoconvencieron diciéndose a sí mismos que esa era la forma que tenía el emperador de demostrar la fuerza del imperio a las hormigas.

Aquella mañana, la capital imperial volvió a la vida como cada día. En la terminal de autobuses junto a la puerta este de la ciudad, más de mil vehículos de proporciones gigantescas salían a la calle. En aquella época, la civilización del Cretácico aún no había comenzado a extraer y explotar el petróleo y, al igual que los trenes, los autobuses de los dinosaurios se movían gracias a enormes y pesadas máquinas de vapor. Cada autobús parecía una enorme locomotora que escupía vapor a su paso, y durante el día las calles de la Ciudad de Roca se llenaban de nubes atravesadas por un sinfín de vehículos del tamaño de nuestros edificios de varias plantas que iban de un lado para otro.

Aparte de los dinosaurios, esos autobuses transportaban otros pasajeros que se habían escondido allí la noche anterior: multitudes de hormigas soldado. El autobús 1, que daba servicio a la principal arteria de la ciudad, era el que transportaba al mayor contingente de polizones, una división completa integrada por más de diez mil hormigas. Estaban ocultas en varios lugares discretos, como la parte inferior de los umbrales de las puertas, las cajas de herramientas, la parte de abajo de los coches o las pilas de carbón con el que se alimentaban las calderas. En un vehículo tan voluminoso era fácil ocultar una división entera del Ejército Imperial fórmico.

Diez minutos después de entrar en la bulliciosa calle

inundada de vapor, el autobús 1 llegó a su primera parada. Se bajaron varios dinosaurios, seguidos de una marabunta de doscientas hormigas soldado que se separó de la parte inferior del umbral de la puerta y se posó en el suelo. Cada hormiga llevaba en la boca una mina granular. Después de bajar del autobús, las hordas de hormigas se deslizaron por una grieta en la acera. Sus diminutos cuerpos negros se mezclaban con el pavimento mojado, y los dinosaurios que iban por la calle humeante eran completamente ajenos a su presencia. De vez en cuando, los dinosaurios les pasaban por encima o pisaban justo sobre la grieta por la que caminaban las hormigas, pero gracias a la sombra que los enormes cuerpos de los reptiles proyectaban sobre el suelo podían pasar desapercibidas y avanzaban sin cortapisas.

Finalmente llegaron a un edificio cuya mitad superior estaba oculta por el vapor, tan alto que incluso su puerta principal parecía perderse entre las nubes. El contingente de hormigas se coló por el hueco debajo de la puerta y entró sigilosamente en el edificio.

Toda la arquitectura de los dinosaurios tenía una altura considerable. Para las hormigas, todos y cada uno de los edificios de los saurios eran tan grandes como su propio mundo, y no había mucha diferencia entre estar en su interior y estar en un campo abierto. Aquel edificio en concreto era un almacén, y las hormigas se arrastraron por el ancho suelo entre montones de mercancías. Era un mundo tenebroso donde el único sol era una ventana pequeña y alta que dejaba entrar un poco de luz. Las hormigas no tardaron en encontrar lo que andaban buscando: una hilera de altos toneles de madera. Como el mundo de los dinosaurios aún no había entrado en la era de la electricidad, por la noche encendían lámparas de queroseno, y los barriles que se alzaban ante las hormigas contenían precisamente el combustible para encenderlas. Los insectos se pusieron a buscar a conciencia hasta que encontraron varias manchas de humedad en el suelo, que indicaban los puntos en los que los toneles habían tenido un escape. Pusieron en aquellos charcos grasientos las minas granulares que llevaban en la boca, y no tardaron en colocar más de cien. Entonces apuntaron sus traseros a las minas y, a la orden del oficial al mando, rociaron cada una con ácido fórmico, que comenzó a devorar lentamente la cáscara de cada grano, activando la mecha del encendido. Habían programado la activación de la mina para las dos de la tarde, para que el explosivo estallara al cabo de seis horas.

Mientras tanto, cada vez que uno de los miles de autobuses que recorrían la Ciudad de Roca se paraba, destacamentos de hormigas ocultas se apeaban y entraban en la ciudad.

Al mediodía, alrededor de un millón de hormigas soldado, que representaban a cien divisiones del Ejército Imperial fórmico, se habían infiltrado ya en todos los rincones de la Ciudad de Roca y habían colocado minas granulares sobre todas las superficies inflamables posibles. Oficinas gubernamentales, mercados, escuelas, bibliotecas y edificios residenciales habían quedado sembrados de millones de minas granulares, cuya ignición estaba prevista para las dos de la tarde.

En el palacio del Imperio saurio, varios oficiales militares que habían abandonado la ofensiva contra la Ciudad de Marfil y se habían retirado del campo de batalla despertaron al emperador Urus. El emperador había pasado la noche entera en un banquete con varios gobernadores de Laurasia y no se había acostado hasta bien entrada la madrugada. Al enterarse por boca de varios oficiales de que el general Ishta había muerto junto con más de mil soldados del Ejército Imperial, lo primero que pensó fue que le estaban tomando el pelo, y por eso montó en cólera. Estaba a punto de convocar un consejo de guerra contra los desertores cuando sucedió algo que le hizo ver con sus propios ojos la amenaza que representaban las hormigas.

El comandante de la guardia de palacio, que sostenía un trozo de tela, gritó junto a la cama del emperador en señal de alarma.

—¿Qué haces con mi funda de almohada, imbécil? —bramó Urus. Por lo visto, aquel día estaba rodeado de idiotas e inútiles, y por un momento sintió el irrefrenable deseo de ordenar que los ejecutaran a todos.

—Su… su majestad, acabo de descubrir esto… Mirad… —El comandante sostuvo la funda ante el rostro de Urus. En la tela había hileras de pequeños agujeros, un mensaje dejado por las hormigas soldado que se habían introducido en los aposentos del emperador mientras dormía: «¡Podemos quitarte la vida en cualquier momento!».

Mientras observaba la funda de la almohada, un escalofrío recorrió el cuerpo de Urus, que miró a su alrededor como si hubiera visto un fantasma. Los otros dinosaurios presentes se inclinaron a toda prisa y se pusieron a escudriñar el suelo, pero no había rastro de hormigas:

las palabras escritas en la funda de la almohada eran la única prueba de que habían estado allí. Sin que los dinosaurios lo supieran, las hormigas que se habían infiltrado en palacio habían dejado no solo aquel mensaje, sino también más de mil minas granulares. Las bolitas amarillas, invisibles a los ojos de los dinosaurios, habían sido colocadas en el mosquitero, a los pies de la cama, en el sofá, en los altos y lujosos muebles de madera, entre montañas de documentos… El ácido fórmico estaba devorando poco a poco la superficie de las minas, y al igual que el millón de minas restantes que habían sido diseminadas por toda la Ciudad de Roca, iban a arder a las dos de la tarde.

El ministro de Guerra del Imperio saurio se irguió y se dirigió al emperador:

—Su majestad, se lo advertí desde el principio: en las guerras entre diferentes especies, el tamaño es la fuerza, pero ser pequeño también tiene sus ventajas. No podemos tomarnos las hormigas a la ligera.

Urus suspiró.

—¿Qué será lo que hagamos a continuación? —preguntó.

—No se preocupe, su majestad, el Estado Mayor está preparado. ¡Os doy mi palabra de que el Ejército Imperial aplastará la Ciudad de Marfil antes de que acabe el día!

Tres horas después del primer ataque frustrado, el Ejército Imperial saurio lanzó una segunda ofensiva contra la Ciudad de Marfil. La fuerza de ataque aún contaba con dos mil dinosaurios, y avanzó hacia la Ciudad de Marfil en la misma formación de falange anterior, pero esta vez cada dinosaurio llevaba puesto un gran casco de metal.

Las hormigas que defendían la Ciudad de Marfil repitieron la misma táctica, usando las catapultas fórmicas para lanzar sobre los dinosaurios una lluvia de cientos de miles de hormigas. Esta vez, sin embargo, los soldados hormiga que aterrizaron sobre las cabezas de los dinosaurios no pudieron entrar en el cuerpo de sus enemigos, ya que los cascos de metal de los dinosaurios estaban muy bien ajustados. Las viseras estaban hechas de una sola pieza de vidrio, los agujeros de ventilación estaban cubiertos con una fina malla de acero y las juntas no tenían costuras. Los cascos estaban firmemente sujetos al cuello con cordones que formaban una defensa inexpugnable alrededor de sus cabezas.

Cuando el comandante en jefe Donlira aterrizó sobre uno de los dinosaurios, observó el casco que tenía bajo sus pies y sintió un gran pesar. Dos meses antes, los artesanos hormiga habían contribuido a la fabricación de esos mismos cascos, tejiendo la fina malla de acero que cubría los orificios de ventilación. En ese momento, el dinosaurio encargado de fabricarlos les había asegurado que los cascos estaban destinados a la apicultura, pero parecía que el Imperio saurio también había estado preparándose en secreto para una guerra.

Después de que fracasara esa táctica, el Ejército Imperial fórmico recurrió al uso de arcos y flechas para cortar el paso a los dinosaurios en la segunda línea de defensa. Un millón y medio de hormigas lanzaron sus flechas a la vez, y una fina nube de flechas voló hacia la falange de dinosaurios como arena levantada por una ráfaga de viento; pero esas delicadas flechas eran incapaces de hacerles daño a los gigantescos soldados dinosaurio, y rebotaron en la piel áspera y dura de los reptiles y cayeron al suelo.

Los dinosaurios pisaron la masa de hormigas, dejando hileras de huellas y miles de insectos aplastados a su paso. Las hormigas que no murieron bajo los pies de los dinosaurios solo pudieron observar impotentes cómo los titánicos cuerpos de los reptiles pasaban por el cielo, dirigiéndose hacia la Ciudad de Marfil.

Cuando la falange irrumpió en la ciudad, los dinosaurios comenzaron a patear salvajemente todo lo que encontraban. La mayoría de los edificios de la Ciudad de Marfil eran tan altos como las pantorrillas de los dinosaurios, y bloques enteros de casas fueron pisoteados.

El mariscal Donlira y varios soldados hormiga seguían corriendo de un lado para otro sobre el casco de un tiranosaurio, en un intento de encontrar una forma de entrar en su cuerpo. Al mirar abajo, solo vieron ruinas allá por donde pasaban los dinosaurios, y en algunos lugares todavía había incendios. Desde aquella altura, las hormigas pudieron ver la Ciudad de Marfil a través de los ojos del dinosaurio y darse cuenta de lo pequeña e insignificante que era su propia especie.

El tiranosaurio se acercó a la Torre Imperial. El rascacielos de tres metros era el edificio más alto del Imperio fórmico, el culmen de su arquitectura, pero solo llegaba hasta las caderas de aquella bestia, que se puso en cuclillas. Durante el brusco descenso, las hormigas experimentaron un momento de ingravidez, y entonces la parte superior de la torre apareció sobre el horizonte del casco del dinosaurio. Este, todavía agachado, estudió la torre durante unos segundos, luego agarró la base con las garras y la arrancó del suelo.

Se puso de pie y empezó a examinar la torre con curiosidad, como si hubiera encontrado un divertido juguete. Las hormigas en la cabeza del dinosaurio también observaban el edificio, en cuya elegante superficie azul marino podían ver reflejados el cielo azul y las nubes blancas, mientras sus innumerables ventanas de vidrio brillaban a la luz del sol. Todavía recordaban cómo, en su primer día de clases, habían acompañado a su profesor hasta la cima de la torre para disfrutar de una vista de pájaro de la Ciudad de Marfil…

El tiranosaurio hizo girar la torre con sus garras, y la larga estructura se partió en dos. Profiriendo una maldición, el dinosaurio arrojó ambos pedazos uno tras otro. Las piezas de la torre trazaron un elevado arco en el aire y aterrizaron en medio de un grupo de edificios lejanos que se derrumbaron con el impacto, derribando muchos otros edificios en los alrededores.

Bajo los pies de aquellos dos mil dinosaurios, tan grandes que no cabían en la Ciudad de Marfil todos a la vez, la capital del Imperio fórmico quedó reducida a escombros en cuestión de minutos. En medio de la nube de polvo amarillento que se elevó sobre las ruinas de lo que había sido la ciudad, los dinosaurios comenzaron a lanzar vítores; pero sus gritos triunfantes se apagaron súbitamente al darse la vuelta y mirar desconcertados en dirección a la Ciudad de Roca.

Columnas de humo negro se elevaban de la capital del Imperio saurio.

Urus, acompañado de sus guardaespaldas, huyó del palacio imperial atravesando una nube de humo, solo para chocar de frente con un aterrorizado ministro del Interior.

—¡Es terrible, majestad! ¡Toda la ciudad está en llamas! —chilló el ministro.

—¿Qué hay de tu brigada de bomberos? ¡Que hagan algo!

—Hay incendios por todas partes. ¡Hemos llamado a toda la brigada, pero están ocupados combatiendo los incendios en palacio!

—¿Quién provocó los incendios? ¿Las hormigas?

—¿Quién, si no? ¡Esta mañana más de un millón de hormigas se infiltraron en la ciudad!

—¡Malditos bichejos! ¿Cómo lo hicieron?

—Con esto, su majestad... —Mientras continuaba con su explicación, el ministro del Interior abrió un paquete de papel e hizo un gesto al emperador para que mirara dentro. Urus fijó la vista en el paquete, pero no fue capaz de ver nada hasta que el ministro le entregó una lupa. A través de la lente vio varias minas granulares—: Los agentes de la patrulla municipal se las quitaron esta mañana a un grupo de hormigas que se habían infiltrado en la ciudad.

—¿Esto qué es? ¿Mierda de hormiga?

—¡Es un tipo de bomba incendiaria en miniatura! Se encienden al entrar en contacto con el ácido fórmico, pero el tiempo de ignición puede retrasarse. Las hormigas colocaron más de un millón de estas cosas sobre materiales inflamables por toda la ciudad, y al menos una quinta parte provocó incendios que luego se extendieron. Según los datos de que disponemos, hay veinte mil incendios en la Ciudad de Roca. ¡Aunque llamemos a todos los bomberos del Imperio, apagar un incendio como este es absolutamente imposible!

Turbado, Urus miró la capa de humo negro del cielo sin saber qué decir.

—Su majestad, no tenemos elección. Debemos abandonar la ciudad —dijo en voz baja el ministro del Interior.

Al caer la noche, la Ciudad de Roca era un mar de llamas. El fuego bañaba la mitad del cielo nocturno con un resplandor rojo, proyectando un falso amanecer sobre las llanuras centrales de Gondwana. Las carreteras en las afueras de la ciudad estaban llenas de dinosaurios que huían en sus enormes vehículos, y en cuyas miradas estaban reflejados el fuego y el miedo. El emperador Urus y varios de sus ministros estaban de pie en una pequeña colina contemplando la ciudad en llamas a lo lejos.

—¡Ordene a todas las fuerzas terrestres del Imperio de Gondwana que ataquen y arrasen todas las ciudades de hormigas del continente! ¡Envíe veleros rápidos al resto de los continentes para dar la orden de que todas las fuerzas terrestres del Imperio en todo el mundo hagan lo mismo! ¡Asestaremos un golpe mortal al mundo de las hormigas!

Y así fue como continuó la Guerra entre las hormigas y los dinosaurios. Las llamas de la guerra pronto se extendieron por todo Gondwana, y antes de que terminara el mes el conflicto ya había llegado al resto de los continentes, degenerando en una guerra mundial que envolvió el planeta entero. La guerra trajo un sufrimiento indecible a ambos mundos: las ciudades de los dinosaurios fueron pasto de las llamas, y las ciudades de las hormigas se convirtieron en escombros bajo los pies de los reptiles.

Además de atacar las ciudades de los dinosaurios, las hormigas también quemaron grandes extensiones de pastizales, tierras de cultivo y bosques. A menudo sembraban grandes áreas con millones y millones de minas granulares, y las llamas que estas provocaban eran imposibles de apagar.

Los incendios forestales se extendieron por todos los continentes y el denso humo cubrió el sol, lo que provocó una catástrofe medioambiental. El humo de los incendios que asolaban cultivos, pastos y bosques se elevaba a la atmósfera, lo cual redujo de manera drástica la cantidad de luz solar que llegaba a la superficie de la Tierra. Los rendimientos de los cultivos se desplomaron, y eso llevó a la inanición a los dinosaurios, que necesitaban ingentes cantidades de alimentos para subsistir.

Entretanto, pequeños contingentes de hormigas lideraron incursiones contra los dinosaurios en todos los rincones del mundo. Su táctica preferida era atacar a sus enemigos desde dentro, lo que aterrorizó a la población de dinosaurios. Los reptiles empezaron a llevar mascarillas en todo momento, y no se atrevían a quitárselas ni siquiera para dormir, ya que las minúsculas hormigas podían entrar y salir de sus gigantescas casas a su antojo.

Por su parte, el mundo de las hormigas también recibió un fuerte varapalo por parte de los dinosaurios. Casi todas sus ciudades fueron diezmadas, y se vieron obligadas a volver a la clandestinidad, pero aun así los dinosaurios a menudo descubrían y destruían grandes bases subterráneas.

Los dinosaurios también hicieron un uso intensivo del armamento químico, sembrando por doquier una toxina inocua para los dinosaurios pero mortal para las hormigas, que no solo exterminó a una gran cantidad de insectos, sino que además limitó drásticamente el alcance de sus actividades. Como las hormigas carecían de vehículos de larga distancia propios, siempre habían confiado en los medios de transporte de los dinosaurios para mantener el contacto con el resto del Imperio fórmico. A medida que los dinosaurios intensificaron sus ataques contra las hormigas, sin embargo, la comunicación se volvió cada vez más difícil, y partes del mundo de las hormigas quedaron aisladas, de tal manera que el Imperio fórmico se fragmentó.

Pero la guerra tuvo una consecuencia aún más grave: la civilización del Cretácico se basaba en la alianza saurio-fórmica, y la sociedad civil de ambos mundos sintió los efectos perniciosos de su disolución. El progreso social se detuvo por completo y comenzaron a aparecer signos de regresión. La supervivencia de la civilización cretácica pendía de un hilo.

Aunque las hormigas y los dinosaurios lo dieron todo en la guerra, ninguno de los dos bandos fue capaz de lograr la supremacía absoluta en el campo de batalla, y los combates degeneraron en una prolongada guerra de desgaste. Finalmente, los altos mandos de ambos imperios llegaron a reconocer la realidad de la situación: estaban librando una batalla sin vencedores, y el resultado final sería la destrucción de la gran civilización del Cretácico.

En el quinto año de la guerra, las dos partes entablaron negociaciones para un armisticio, la más importante de las cuales fue una histórica reunión entre el emperador del Imperio saurio y la reina del Imperio fórmico.

La reunión se llevó a cabo en las ruinas de la Ciudad de Roca, en el mismo lugar donde había estado el palacio imperial en el que cinco años antes se había celebrado la fatídica cumbre que desencadenó la guerra. El incendio tan solo había dejado muros derruidos del otrora gran palacio imperial, a través de cuyas grietas podían verse a lo lejos los esqueletos de edificios ennegrecidos por el humo. En los últimos cinco años, las malas hierbas y las enredaderas se habían apoderado de la ciudad en ruinas, y parecía que el bosque circundante pronto se la tragaría.

El sol entraba y salía del humo de un incendio forestal distante, salpicando las ruinas del palacio con luces y sombras cambiantes.

—No puedo distinguirte bien, pero parece que no eres la reina Lasini —comentó Urus al ver a la reina de las hormigas que tenía a sus pies.

—Ha muerto: las hormigas tenemos vidas muy cortas… Soy Lasini II —se presentó la reina del Imperio fórmico. En esta ocasión, solo había traído consigo diez mil soldados del cuerpo de palabras, y Urus tuvo que agacharse para leer la respuesta.

—Creo que ya es hora de poner fin a esta guerra —dijo el emperador Urus.

—Estoy de acuerdo —convino Lasini II.

—Si la guerra continúa —prosiguió el emperador dinosaurio—, las hormigas volverán a recolectar carne de los cadáveres de animales y a arrastrar escarabajos muertos a sus guaridas.

—Si la guerra continúa, los dinosaurios volverán a merodear hambrientos por los bosques, destrozando y devorando a los de su propia especie —dijo la reina hormiga.

—Bueno, en ese caso… ¿su majestad tiene alguna propuesta concreta para acabar con la guerra? —preguntó Urus—. Quizá lo primero que deberíamos hacer es abordar el motivo por el que fuimos a la guerra. Muchos dinosaurios y hormigas ya lo han olvidado.

—Recuerdo que tuvo que ver con el aspecto de Dios… ¿Se parece Dios a una hormiga o a un dinosaurio?

—En los últimos años, los mayores sabios del Imperio saurio han dedicado todas sus energías a este asunto, y han llegado a una nueva conclusión: Dios no tiene forma ni de hormiga ni de dinosaurio, sino que no tiene forma, como una ráfaga de viento, un rayo de luz o el aire que envuelve el mundo. El rastro de Dios está presente en cada grano de arena y en cada gota de agua.

—Las hormigas no tenemos una mente tan compleja como la de vosotros los dinosaurios, y un pensamiento filosófico tan profundo es un desafío para nosotros, pero estoy de acuerdo con esa conclusión: mi intuición me dice que Dios no tiene forma. El mundo de las hormigas ha prohibido la idolatría.

—El Imperio saurio también ha prohibido la idolatría. En ese caso, su majestad, ¿puedo concluir que las hormigas y los dinosaurios comparten el mismo Dios?

—Si lo desea, su majestad.

Y así fue como llegó a su fin la Primera Guerra Saurio-fórmica, una contienda sin vencedores. En poco tiempo se restauró la alianza entre ambas especies: aparecieron nuevas ciudades sobre las ruinas de las antiguas, y la civilización del Cretácico renació tras mucho tiempo al borde del abismo.

7
La era de la información

El tiempo pasó volando y transcurrió otro milenio. La civilización cretácica progresó, pasando de la era de la electricidad y la era atómica a la era de la información.

Las ciudades de los dinosaurios eran ahora incluso más grandes que las de la era de las máquinas de vapor, con rascacielos que medían diez mil metros o más. Desde lo alto de esos edificios uno tenía la misma sensación que al mirar por la ventanilla de un avión que vuela a grandes alturas, y podía ver nubes que parecían abrazar la tierra. Los edificios se erigían sobre un mar de nubes, y cuando la capa nubosa era especialmente densa los dinosaurios de los perpetuamente soleados pisos superiores llamaban al portero en la planta baja para preguntar si abajo estaba lloviendo y ver si necesitaban coger un paraguas para volver del trabajo a casa. Sus paraguas eran muy grandes, como nuestras carpas de circo.

Los coches de los dinosaurios ahora funcionaban con gasolina, pero seguían siendo del tamaño de uno de nuestros edificios de varios pisos, y la tierra todavía temblaba bajo sus ruedas. Los globos aerostáticos fueron sustituidos por aviones del tamaño de nuestros transatlánticos, que al despegar surcaban el cielo como un trueno y proyectaban enormes sombras en el suelo.

Los dinosaurios incluso se adentraron en el espacio, con el envío de una gran cantidad de satélites y naves espaciales que se movieron en órbita geosíncrona. Al igual que el resto de sus vehículos, estas naves espaciales eran construcciones colosales, lo suficientemente grandes como para que pudieran verse desde la superficie de la Tierra.

La población mundial de dinosaurios se había multiplicado por diez desde la era de las máquinas de vapor. Dado que comían mucho y usaban muchos productos, la sociedad de los dinosaurios consumía bienes y materiales en ingentes cantidades, demanda que era cubierta por un gran número de granjas y fábricas operadas por enormes máquinas que funcionaban a base de energía nuclear, y los cielos estaban permanentemente oscurecidos por un denso humo. Dada la enorme escala de producción de materiales, la circulación de recursos energéticos, materias primas y finanzas era extremadamente compleja y tenía que ser coordinada por ordenadores. Una vasta y sofisticada red de computadoras conectaba todas las partes del mundo de los dinosaurios, y las máquinas que formaban dicha red también eran enormes. Cada tecla de sus teclados era tan grande como una de nuestras pantallas de ordenador, y sus pantallas medían lo mismo que nuestras paredes.

Por su parte, el mundo de las hormigas también había entrado en una avanzada era de la información. Las hormigas obtenían energía de fuentes completamente diferentes a las de los dinosaurios: no usaban petróleo ni carbón, sino que aprovechaban la energía del viento y el sol. Sus ciudades estaban repletas de turbinas eólicas, similares en tamaño y forma a los molinetes con los que juegan nuestros niños, y sus edificios estaban revestidos de un material negro brillante que no eran otra cosa que células solares.

Otra importante tecnología del mundo de las hormigas era el músculo locomotor modificado mediante bioingeniería. Las fibras del músculo locomotor se asemejaban a haces de cables eléctricos gruesos, pero cuando se les inyectaba una solución nutritiva podían expandirse y contraerse para generar energía. Todos los coches y aviones de las hormigas funcionaban gracias a esas fibras musculares.

Las hormigas tenían sus propios ordenadores, unas máquinas del tamaño de un grano de arroz que, a diferencia de los de los dinosaurios, no tenían circuitos integrados. Todos los cálculos se hacían mediante complicadas reacciones químicas orgánicas, y en vez de pantallas usaban feromonas para generar información. Esos olores sutiles y complejos solo podían ser analizados por las hormigas, cuyos sentidos podían traducirlos en datos, lenguaje e imágenes. Esos ordenadores químicos granulares estaban conectados a una vasta red, unidos no por cables de fibra óptica y ondas electromagnéticas, sino por feromonas, que las computadoras usaban para intercambiar información entre sí.

La estructura de la sociedad de las hormigas en aquella época era muy diferente de las colonias de hormigas que podemos ver en la actualidad, y se parecía más a la de la sociedad humana. A causa del uso de la biotecnología en la producción de embriones, las hormigas reina tenían una función insignificante en la reproducción de la especie y no gozaban del estatus social o la importancia que tienen hoy.

Después de la Primera Guerra Saurio-fórmica no volvió a estallar ninguna guerra importante entre los dos mundos. La alianza entre ambas especies perduró, lo cual contribuyó al desarrollo constante de la civilización del Cretácico. En la era de la información, los dinosaurios dependían más que nunca de la motricidad de las hormigas: colonias enteras trabajaban en cada fábrica de los dinosaurios fabricando pequeños componentes, operando equipos e instrumentos de alta precisión, realizando trabajos de reparación y mantenimiento y ocupándose de otras tareas que los dinosaurios no podían llevar a cabo.

Otro importante sector de la sociedad de los dinosaurios en el que las hormigas tenían un papel fundamental era la medicina. Todas las operaciones de cirugía de los dinosaurios seguían siendo realizadas por médicos hormiga, que entraban físicamente en los enormes órganos de estos para operarlos desde dentro. Las hormigas poseían una variedad de sofisticados dispositivos médicos, incluidos bisturís láser en miniatura y microsubmarinos que podían navegar y dragar los vasos sanguíneos de los dinosaurios. Además, las hormigas y los dinosaurios ya no tenían que depender del cuerpo de palabras para comunicarse: con la invención de dispositivos de traducción electrónica que traducían directamente las feromonas de las hormigas a la lengua de los dinosaurios, ese peculiar método de comunicación que empleaba a decenas de miles de soldados hormiga fue cayendo poco a poco en desuso hasta convertirse en una vieja leyenda.

El Imperio fórmico de Gondwana finalmente unificó las tribus de hormigas sin civilizar en todos los continentes y fundó la Federación Fórmica, que gobernaba a todas las hormigas de la Tierra.

En contraste con el mundo de las hormigas, el Imperio saurio, que en otro tiempo había estado unido, se había dividido en dos. El continente de Laurasia consiguió la independencia y se fundó otra gran nación de dinosaurios: la República de Laurasia. Tras un milenio de conquistas, el Imperio de Gondwana llegó a ocupar proto-India, proto-Antártida y proto-Australia, mientras que la República de Laurasia expandió su territorio a las tierras que más tarde se convertirían en Asia y Europa. El Imperio de Gondwana estaba poblado principalmente por *Tyrannosaurus rex*, mientras que el grupo dominante en la República de Laurasia era el *Tarbosaurus bataar*.

Durante ese largo periodo de expansión territorial, las dos naciones entablaron una guerra casi constante. A finales de la era de las máquinas de vapor, los ejércitos de estos dos grandes imperios cruzaron el canal que separa Gondwana y Laurasia en impresionantes flotas para atacarse mutuamente. En el transcurso de muchas grandes batallas, millones de dinosaurios murieron en las amplias llanuras abiertas, dejando montañas de cadáveres y ríos de sangre. Más tarde, ya entrada la era de la electricidad, estallaron muchas más guerras entre los dinosaurios de distintos continentes, lo que hizo que la mayoría de las ciudades acabaran en llamas o en ruinas.

Sin embargo, en los dos últimos siglos, con la llegada de la era atómica, había habido un punto y aparte en las guerras. Esto fue posible gracias a la disuasión nuclear: ambas naciones habían acumulado grandes arsenales de armas termonucleares y, si alguna vez estallaba una conflagración militar, aquellos misiles harían de la Tierra un horno sin vida. El miedo a la mutua destrucción mantuvo al planeta en un delicado equilibrio regido por una paz aterradora.

Con el paso del tiempo, la sociedad de los dinosaurios experimentó un crecimiento espectacular. Su población aumentó a gran velocidad hasta saturar todos los continentes, y la doble amenaza de la contaminación ambiental y la guerra nuclear se fue agravando día tras día. Volvió a surgir una brecha entre los mundos de las hormigas y los dinosaurios, y un manto de funestas nubes cubrió la civilización del Cretácico.

8
La declaración de las hormigas

Desde la era de las máquinas de vapor, la cumbre anual entre hormigas y dinosaurios se había ido celebrando sin falta, y ya era la reunión más importante del mundo cretácico. En esa reunión, los líderes de dinosaurios y hormigas se reunían para hablar sobre el estado de las relaciones entre ambas especies y los principales problemas que afrontaba el mundo entero.

La cumbre de aquel año iba a celebrarse en el Salón Mundial del Imperio de Gondwana, el mayor edificio del mundo cretácico. Su interior era tan grande que había desarrollado su propio microclima. En los techos abovedados a menudo se formaban nubes de las que caían lluvia y nieve, y las diferencias de temperatura en distintos puntos de la sala provocaban ráfagas de viento. Los arquitectos dinosaurio no habían previsto ese fenómeno durante la fase de diseño. El microclima interior hacía que la sala careciera de sentido, ya que estar dentro de ella era más o menos como estar al aire libre. En varias ocasiones, las reuniones de la cumbre coincidieron con lluvia o nieve, lo cual exigió la construcción temporal de una habitación más pequeña en el centro de la estancia. Ahora, en cambio, hacía un tiempo agradable en el interior del Salón Mundial, iluminado por más de cien inmensas luces que brillaban desde el cielo de la cúpula como pequeños soles resplandecientes.

Las dos delegaciones de dinosaurios, encabezadas por el emperador de Gondwana y el presidente de la República de Laurasia, se sentaron a una gran mesa redonda en el centro de la sala. Aunque tenía el tamaño de un campo de fútbol humano, la mesa no era nada en comparación con el espacio del interior del salón.

La delegación de las hormigas, encabezada por Kachika, cónsul supremo de la Federación Fórmica, acababa de llegar. Su avión surcó el vacío como si de una grácil pluma blanca se tratara, dirigiéndose hacia el centro de la mesa redonda. Al pasar junto a la mesa, los dinosaurios soplaron hacia la aeronave, lo cual hizo que el artefacto con forma de pluma diera vueltas en el aire. Todos los dinosaurios rieron a carcajada limpia con esa broma que tradicionalmente se gastaba en las cumbres. Algunas de las hormigas cayeron del avión a la mesa, y aunque no se hicieron daño gracias a la levedad de sus cuerpos, tuvieron que recorrer una larga distancia para llegar al centro de esta. El resto de las hormigas lograron estabilizar el avión y aterrizaron en una bandeja de cristal en la parte central, el asiento reservado para ellas en la cumbre.

Los dinosaurios no podían ver a las hormigas desde tan lejos, pero una cámara que enfocaba la bandeja proyectaba una imagen en una enorme pantalla junto a la mesa, lo cual hacía que parecieran tan grandes como los propios reptiles. Ampliadas, las diminutas hormigas parecían más feroces y poderosas que los dinosaurios, y sus cuerpos metálicos les daban el aspecto de formidables máquinas de guerra.

Después de que el secretario general de la cumbre, un estegosaurio con una hilera de placas óseas en la espalda, declarara inaugurada la sesión, se hizo el silencio en la sala. Los delegados se levantaron al unísono y saludaron la bandera de la civilización del Cretácico mientras se izaba lentamente en un alto mástil a lo lejos. En la bandera aparecía representado un gran dinosaurio que encarnaba los rasgos de los diferentes tipos de dinosaurio que miraba al sol naciente, y junto a él había una hormiga de igual tamaño compuesta por muchas hormigas más pequeñas.

La reunión pasó sin más preámbulos al primer punto del orden del día: un debate general sobre las principales crisis mundiales. El cónsul supremo Kachika de la Federación Fórmica fue el primero en intervenir: mientras la esbelta hormiga marrón agitaba las antenas, un dispositivo traducía sus feromonas a la tosca lengua de los dinosaurios:

—¡Nuestra civilización está al borde del colapso! —alertó Kachika—. ¡Las grandes industrias del mundo de los dinosaurios están matando la Tierra! Se están destruyendo ecosistemas, la atmósfera está llena de gases tóxicos, y los bosques y las praderas están desapareciendo a toda velocidad. La Antártida fue el último continente en nacer, pero el primero en sufrir una desertificación total, ¡y los otros continentes van por el mismo camino! Y por si fuera poco, esta depredación ya se ha extendido a los océanos: si la pesca excesiva y la contaminación siguen creciendo al ritmo actual, los océanos habrán muerto en menos de medio siglo. Pero todo esto no es nada en comparación con el peligro de una guerra nuclear: ahora reina la paz en el mundo, pero mantener esta situación a través de la disuasión nuclear es como caminar de puntillas en la cuerda floja sobre las llamas del infierno. ¡En cualquier momento podría estallar una guerra nuclear total, y los arsenales atómicos de las dos potencias de dinosaurios son lo bastante grandes como para acabar con toda la vida en la Tierra!

—Eso ya lo hemos oído antes —se burló frunciendo el labio el presidente de Laurasia, Dodomi, un imponente tarbosauro.

—Todo esto es por culpa de vuestro insaciable consumo de recursos naturales —continuó Kachika, señalando a Dodomi—: con una sola de tus comidas bastaría para alimentar a toda una gran ciudad de hormigas durante un día entero. ¡Es injusto!

—Eso que dices no tiene mucho sentido, bichito —tronó el emperador de Gondwana, un poderoso tiranosaurio llamado Dadaeus—. Nosotros no tenemos la culpa de ser tan grandes. ¿O es que acaso quieres que nos muramos de hambre? Para sobrevivir tenemos que consumir, pero para eso necesitamos industria y energía en grandes cantidades.

—En ese caso deberíais usar energías renovables y limpias.

—Eso es imposible. Esos molinetes y células solares que usáis vosotros no nos darían ni para alimentar a uno de nuestros relojes de pulsera electrónicos. La sociedad de los dinosaurios consume mucha energía, y no tenemos más remedio que utilizar carbón y petróleo; y energía nuclear, por supuesto. Es inevitable que haya contaminación.

—Pero podríais reducir vuestro consumo de energía controlando la población. Ya hay más de siete mil millones de dinosaurios en el mundo. ¡No se puede dejar que la población crezca más!

Dadaeus negó con la cabeza.

—En todo ser vivo late el instinto de reproducción, y el crecimiento forma parte de la naturaleza misma de la civilización. Para conservar su propia fuerza, un país necesita una población lo suficientemente grande. Si Laurasia está dispuesta a romper sus propios huevos, Gondwana aplastará una cantidad igual de los suyos.

—Pero, majestad, ¡Gondwana tiene casi cuatrocientos millones de habitantes más que Laurasia! —protestó Dodomi.

—Señor presidente, ¡la tasa de crecimiento de la población de Laurasia es un tres por ciento superior a la de Gondwana! —replicó Dadaeus.

—La naturaleza nunca permitirá que unas bestias tan voraces como vosotros se multipliquen sin control. ¿Es que hace falta que ocurra un desastre para que recuperéis la cordura? —preguntó Kachika, apuntando con una antena a Dodomi y con la otra a Dadaeus.

—¿Un desastre? ¡Ja! ¡Los dinosaurios hemos vivido decenas de millones de años y no hay desastre que no hayamos visto ya! —rio Dodomi.

—¡Así es! Ya nos preocuparemos de eso cuando pase. Es la naturaleza de los dinosaurios dejar que las cosas sigan su curso. ¡Los de nuestra especie afrontan las cosas de frente, no le tenemos miedo a nada! —repuso Dadaeus agitando las garras.

—¿Ni siquiera una guerra nuclear total? Cuando eso ocurra, no veo qué otra salida os quedará…

—En eso estamos de acuerdo, bicho —asintió Dadaeus—. A nosotros tampoco nos gustan las armas nucleares, pero Laurasia ha desplegado tantas que no nos queda otra opción. Si ellos destruyen sus armas, nosotros haremos lo mismo.

—Ja, ja, ja… —rio Dodomi señalando a Dadaeus—. Distinguido señor, no creerá de verdad que al Imperio de Gondwana todavía le queda algo de credibilidad, ¿verdad?

—Tiene todo el sentido del mundo que seáis vosotros quienes destruyáis vuestras armas nucleares primero. Fuisteis los laurasianos los que las inventasteis, al fin y al cabo…

—Pero si fue el Imperio de Gondwana el que fabricó los primeros misiles intercontinentales…

Kachika los interrumpió con un movimiento de sus antenas.

—¿Qué más da quién hizo qué hace siglos? ¡¡Tenemos que afrontar la realidad!!

—La realidad es que las armas nucleares son lo único que permite que Laurasia se haga el gallito. ¡Sin ellas, se arrugaría al primer golpe! —dijo Dadaeus—. ¿Recuerdas la batalla de la Llanura de Vella? El primer emperador de Gondwana se puso al frente de dos millones y medio de tiranosaurios que vencieron a cinco millones de tarbosaurios en la Antártida. ¡Todavía hoy la victoria de

Gondwana en el Polo Sur está marcada por una imponente colina hecha de esqueletos de laurasianos!

—Entonces, su majestad sin duda recordará la segunda devastación de la Ciudad de Roca... —contestó Dodomi—. Cuatrocientos mil pterodáctilos de la fuerza aérea de Laurasia volaron sobre la capital de Gondwana dejando caer más de un millón de bombas incendiarias. Para cuando el ejército de Laurasia entró en la ciudad, ¡los habitantes de Gondwana ya habían sido calcinados!

—¡Correcto! Vosotros los laurasianos sois cobardes, y siempre atacáis a escondidas con armas aéreas y de largo alcance, ¡pero nunca os atrevéis a luchar cuerpo a cuerpo! ¡Ja, gusanos despreciables...!

—En ese caso, majestad, ¿por qué no les enseñamos a todos aquí y ahora quién de nosotros es un gusano despreciable? —Dodomi saltó sobre la gran mesa redonda blandiendo sus afiladas garras mientras volaba hacia Dadaeus. El emperador de Gondwana saltó inmediatamente a la mesa para salir a su encuentro. Los otros dinosaurios no intervinieron, sino que se limitaron a jalear desde los lados.

En el mundo de los dinosaurios era habitual pelearse en reuniones de ese tipo, y las hormigas habían acabado acostumbrándose al espectáculo. Como en ocasiones anteriores, se metieron debajo de la resistente bandeja de cristal para evitar que los pies de los dinosaurios las aplastaran.

A través de la bandeja de cristal del techo, los dinosaurios que peleaban parecían montañas que daban vueltas, y la superficie de la mesa redonda sufrió un fuerte temblor. Dadaeus llevaba ventaja en términos de peso y fuerza, pero Dodomi era más ágil.

—¡Dejad ya de pelear! ¿Se puede saber qué os pasa? —gritaron desde debajo de la bandeja de cristal las hormigas, cuyas voces eran amplificadas por el sistema de traducción. Los dos dinosaurios detuvieron su feroz batalla. Respirando pesadamente, se bajaron de la mesa redonda y volvieron a sus asientos, cubiertos de rasguños de diferente consideración y todavía mirándose con odio.

—Bueno, creo que deberíamos pasar al siguiente punto de la agenda —dijo el secretario general.

—¡No! —exclamó contundente Kachika—. ¡No se discutirán otros temas durante esta cumbre! Mientras siga sin resolverse un problema que afecta a la existencia misma de nuestro mundo, no tiene sentido hablar de nada más.

—Pero, señor cónsul supremo, en todas las cumbres saurio-fórmicas de las últimas décadas ha habido siempre un debate sobre la contaminación ambiental y la amenaza nuclear del que nunca ha salido nada. Al final ha acabado convirtiéndose en un trámite rutinario que solo sirve para hacerle perder a todo el mundo el tiempo y la paciencia.

—Pero esta vez es diferente. Créanme cuando les digo que en esta reunión se resolverá este asunto tan importante para la civilización de la Tierra.

—Si tan seguro está, prosiga.

Kachika guardó silencio durante un momento. Cuando el bullicio en el salón se hubo calmado, dijo solemnemente:

—A continuación leeré la declaración número 149 de

la Federación fórmica: «En aras de la continuación de la civilización de la Tierra, la Federación fórmica presenta las siguientes demandas al Imperio de Gondwana y a la República de Laurasia:

»Uno, detener la reproducción de la especie durante los próximos diez años para lograr una reducción neta de la población de dinosaurios; al cabo de diez años, la tasa de fecundidad deberá mantenerse por debajo de la tasa de mortalidad para garantizar que disminuye la base de la población total, que deberá permanecer baja durante un siglo. Dos, cerrar inmediatamente un tercio de todas las industrias pesadas y desmantelar gradualmente otro tercio durante los próximos diez años a medida que la población vaya disminuyendo; la contaminación ambiental deberá reducirse a un nivel que la biosfera de la Tierra pueda soportar. Tres, comenzar inmediatamente la desnuclearización total; el desmantelamiento de los arsenales nucleares deberá llevarse a cabo bajo la supervisión de la Federación Fórmica, con el lanzamiento de todas las ojivas nucleares al espacio mediante misiles intercontinentales.

Hubo algunas débiles risas entre los dinosaurios. Dodomi señaló con una garra la bandeja de cristal.

—Las hormigas han emitido esta declaración decenas de veces antes. ¿Es que no os cansáis? Kachika, eso sería el fin de la gran civilización de los dinosaurios. No creerás de verdad que aceptaremos esas demandas absurdas, ¿verdad?

Kachika bajó las antenas en afirmación.

—Por supuesto, somos conscientes de que los dinosaurios no aceptarán estas demandas.

—Muy bien —concluyó el secretario general, sacudiendo las placas huesudas de su espalda—. Creo que podemos pasar al siguiente punto de la agenda. Algo más realista.

—Espere un momento, por favor: nuestra declaración no acaba ahí… —interrumpió Kachika—: si no se cumplen las demandas antes mencionadas, la Federación Fórmica tomará acciones para asegurar la continuidad de la civilización en la Tierra.

Los dinosaurios intercambiaron miradas confundidas.

—Si el mundo de los dinosaurios no cumple de inmediato con las demandas expuestas en esta declaración, los treinta y ocho mil millones de hormigas que trabajan en el Imperio de Gondwana y la República de Laurasia irán a la huelga.

El salón quedó sumido en un profundo silencio. En la bóveda celeste se habían formado tenues nubes que flotaban como una fina gasa, proyectando patrones cambiantes de luz y sombra en la amplia llanura del suelo del salón.

—Cónsul Kachika, ¿está de broma? —preguntó Dodomi, rompiendo el silencio.

—Esta declaración fue redactada conjuntamente por los mil ciento cuarenta y cinco estados miembros que componen la Federación Fórmica. Nuestra determinación es inquebrantable.

—Cónsul, confío en que tanto usted como el resto de las hormigas entiendan… —empezó Dadaeus; entonces hizo una pausa para frotarse el ojo izquierdo, que había sufrido un arañazo en la pelea con Dodomi— que la alianza saurio-fórmica tiene tres mil años de historia y es la piedra angular de la civilización terrestre. A lo largo de los siglos, nuestros dos mundos han ido a la guerra en varias ocasiones, pero no por ello hemos dejado de colaborar.

—Cuando está en juego la biosfera de todo el planeta, la Federación Fórmica no tiene otra opción.

—Esto no es un juego. ¡Recuerde lo que nos enseñó la Primera Guerra Saurio-fórmica! —exclamó Dodomi—: en cuanto las hormigas se declaren en huelga, la producción industrial del mundo de los dinosaurios se paralizará, y eso afectará a muchos otros sectores, incluida la medicina. Eso supondría la debacle económica de nuestro mundo... y también de la Federación Fórmica. ¡Afectaría a todo el planeta en formas que no podemos prever!

—A diferencia de la Primera Guerra Saurio-fórmica, que comenzó como un conflicto religioso, esta vez las hormigas abandonan la alianza para salvar la civilización de la Tierra. ¡La Federación afrontará con valentía cualquier crisis derivada de esta situación!

—¡Hemos mimado demasiado a estos bichejos! —bramó Dadaeus dando un golpe en la mesa.

—Los mimados son los dinosaurios —replicó Kachika—: si las hormigas hubiéramos actuado antes, los dinosaurios no habrían llegado a estos niveles de locura y arrogancia.

Volvió a hacerse el silencio en el salón, pero esa vez el aire estaba cargado de una energía aterradora, como si fuera a explotar en cualquier momento. Una vez más, Dodomi fue el primero en romper el silencio. Miró a su alrededor y dijo pensativo:

—Esto… necesito hablar a solas con las hormigas.

Se subió a la mesa redonda y se agachó ante la bandeja de cristal. Desató el plato de la mesa, lo tomó entre sus garras, se bajó de la mesa y se llevó a las hormigas aparte. Sacó un dispositivo traductor compacto del bolsillo de su chaqueta y se dirigió directamente a Kachika:

—Señor cónsul supremo, la declaración de la Federación Fórmica tiene parte de razón: todos somos conscientes de la crisis que afronta la Tierra. La República de Laurasia también quiere resolver la crisis, es solo que no hemos encontrado el momento adecuado para hacerlo… Pero se me ocurre una idea: las hormigas pueden ir a la huelga, sí, pero solo en el Imperio de Gondwana. Cuando la economía del imperio colapse y la sociedad se hunda en el caos, la República de Laurasia lanzará una ofensiva total y aplastará al imperio de un solo golpe, aprovechando su vulnerabilidad para lograr una victoria sin tener que recurrir a la guerra nuclear. Cuando ocupemos Gondwana, cerraremos todas sus industrias pesadas. Y por el problema demográfico no se preocupe: la guerra acabará con al menos un tercio de los dinosaurios de Gondwana, y no permitiremos que los supervivientes procreen durante un siglo como mínimo. Eso bastaría para satisfacer las demandas de la Federación, ¿no le parece?

—No, señor presidente —negó Kachika desde el centro de la bandeja de cristal, mientras los otros funcionarios a su alrededor hacían lo propio—: eso no cambiaría la naturaleza del mundo de los dinosaurios, y tarde o temprano volveríamos a donde nos encontramos ahora. Una guerra mundial de esa magnitud podría tener consecuencias impredecibles. Pero es que hay otro detalle más importante: la Federación Fórmica siempre ha tratado igual a todos los dinosaurios, independientemente de su origen étnico o nacionalidad, y en todos los rincones de su mundo llevamos a cabo el mismo trabajo a cambio de la misma remuneración, sin implicarnos en sus asuntos internos. Ese es un principio que el mundo de las hormigas ha respetado desde tiempos inmemoriales, y es fundamental para salvaguardar la independencia de la federación.

—Señor presidente, haga el favor de devolver la bandeja a su sitio para que podamos proseguir con la reunión —gritó el secretario general desde la mesa redonda.

Dodomi sacudió la cabeza.

—¡Estúpidos insectos, habéis perdido la oportunidad de hacer historia! —suspiró mientras regresaba a la mesa redonda con la bandeja de cristal.

Tan pronto como colocó la bandeja de cristal en su lugar, el emperador Dadaeus saltó sobre la mesa y se la llevó.

—Les pido disculpas a todos, pero yo también tengo algo que decirles en privado a los bichos —dijo mientras quitaba la bandeja de cristal de la mesa tal como había hecho Dodomi; sacó un traductor y se dirigió a Kachika—. Cónsul supremo, me apuesto lo que quiera a que sé qué es lo que le dijo ese imbécil. No confíe en él: la astucia de Dodomi es bien conocida en todo el mundo. Son esos laurasianos quienes tienen que ser exterminados, porque los dinosaurios de Gondwana aún conservamos cierta noción de cómo mantener una convivencia pacífica con la naturaleza, y la religión regula nuestro comportamiento. Los dinosaurios de Laurasia, en cambio, son unos dinocentristas incorregibles, adoradores de la tecnología desde los cuernos hasta la cola. Más que nosotros, creen ciegamente en el poder de las máquinas, la industria y las armas nucleares. ¡Esos cabrones no cambiarán nunca! Hacedme caso, bichos: haced huelga en Laurasia. O mejor aún, ¡saboteadlo todo! ¡El Imperio de Gondwana lanzará un ataque total y borrará de la faz de la Tierra a esa basura de nación! ¡Bichitos, esta es nuestra mejor oportunidad para hacer una hazaña heroica por la civilización en la Tierra!

Kachika le repitió al emperador de Gondwana lo mismo que le había dicho al presidente de Laurasia. Al escuchar la respuesta de Kachika, Dadaeus lanzó con furia la bandeja de cristal. Los miembros de la delegación de hormigas cayeron al suelo unos segundos después de la bandeja.

—¿Qué derecho tenéis, insectos insignificantes, a despreciar a la gran civilización de los dinosaurios? ¡Que sepáis que nosotros gobernamos la Tierra, no vosotros! ¡No sois más que motas de polvo vivientes!

Kachika se irguió en el suelo del salón y miró al emperador de Gondwana, cuya figura se alzaba más allá de donde le alcanzaba la vista.

—Su majestad, en los tiempos que corren, juzgar la fuerza de una civilización por el tamaño de sus individuos es el colmo de la ingenuidad. ¡Os sugiero que leáis acerca de la Primera Guerra Saurio-fórmica!

El dispositivo traductor estaba demasiado lejos, y Dadaeus no oyó a Kachika.

—¡Si las hormigas se atreven a atacar, serán castigadas

sin piedad! —rugió con voz atronadora, y acto seguido se marchó.

Los delegados del Imperio de Gondwana y la República de Laurasia se levantaron de la mesa y se marcharon, y durante unos instantes el suelo tembló violentamente con sus pesados pasos, haciendo que los miembros de la delegación de las hormigas se elevara en el suelo junto con el polvo.

Las siluetas de los dinosaurios enseguida se desvanecieron a lo lejos, dejando a las hormigas frente a la llanura lisa y brillante del suelo. Esa extensión de tierra, que reflejaba la luz blanca de los pequeños soles que tachonaban el cielo abovedado, se perdía en el infinito, como el futuro ignoto en la mente de Kachika.

9
La huelga

En la capital del Imperio de Gondwana, en un espacioso salón azul en el interior del palacio imperial, el emperador Dadaeus yacía en un sofá con una garra tapándose el ojo izquierdo, gimiendo de dolor de vez en cuando. Varios dinosaurios estaban a su alrededor: Babat, ministro del Interior, el mariscal Lologa, ministro de Defensa, el doctor Niniken, ministro de Ciencia, y el doctor Vivek, ministro de Sanidad.

Levantándose de su asiento con una ligera reverencia, el doctor Vivek se dirigió al emperador:

—Su majestad, el ojo en el que os hirió Dodomi se ha inflamado y tiene que ser operado de inmediato, pero en estos momentos no podemos encontrar ningún médico hormiga. Nuestra única opción es controlar la inflamación con antibióticos; pero si eso continúa, corréis el riesgo de perder la visión en ese ojo.

—¡Desollaré a Dodomi! —masculló el emperador—. ¿Es que no queda ni un médico hormiga en los hospitales del imperio?

Vivek asintió:

—Así es. Hay muchos pacientes que necesitan ser operados, pero no pueden recibir atención médica, y esta situación ya ha causado mucho pánico social.

—Supongo que ese no es el único motivo por el que cunde el pánico… —aventuró el emperador, volviéndose hacia el ministro del Interior.

Babat hizo una leve reverencia.

—Por supuesto que no, majestad. Dos tercios de nuestras fábricas han detenido la producción y varias ciudades también han sufrido cortes de electricidad. Y la situación en la República de Laurasia no es mucho mejor.

—¿Las máquinas y las líneas de producción operadas por dinosaurios también se han parado?

—Sí, su majestad. En las fábricas de automóviles es imposible ensamblar las piezas grandes fabricadas por dinosaurios en productos terminados sin piezas pequeñas de precisión, así que se ha tenido que suspender la producción. En otros sectores, como la industria química o la producción energética, la huelga de las hormigas no tuvo un gran impacto al principio, pero luego se fueron acumulando las averías de los equipos y las labores de mantenimiento no daban abasto para solucionarlas, y ahora la cantidad de fábricas paralizadas no para de aumentar.

El emperador dio una patada lleno de rabia.

—¡Cabrones! Después de la cumbre saurio-fórmica, os ordené que formarais con urgencia a todos los dinosaurios que trabajan en las fábricas del imperio para que sustituyeran a las hormigas.

—Su majestad, lo que pedís es imposible…

—¡Nada es imposible para el gran Imperio de Gondwana! ¡Durante toda nuestra larga historia, los habitantes de Gondwana han superado crisis mucho mayores que esta! ¿Cuántas batallas sangrientas hemos ganado contra viento y marea? ¿Cuántos incendios forestales hemos extinguido? ¿A cuántas erupciones volcánicas hemos sobrevivido?

—Pero, mi señor, esta vez es diferente...

—¿Por qué iba a ser diferente? Si dedicamos todo nuestro empeño, ¡los dinosaurios también podrán desarrollar manos diestras! ¡No cederemos al chantaje de esos bichejos!

—Permitidme demostraros por qué es tan difícil... —El ministro del Interior abrió las garras y colocó dos cables rojos sobre el sofá—. Mi señor, ¿podría intentar conectar estos dos cables? Esa es una de las tareas más básicas para el mantenimiento de una máquina.

Los dedos del emperador Dadaeus medían medio metro de largo y eran más gruesos que una taza de té, y los dos cables —que tenían un diámetro de apenas tres milímetros— le parecían más finos que las hebras de un cabello. Con la vista clavada en el sofá intentó pellizcarlos, pero, por más que lo intentaba, sus enormes dedos eran resbaladizos y cónicos como la punta de dos proyectiles de artillería, y los cables se le escurrían al intentar pellizcarlos. Pelarlos y empalmarlos era algo que ni se planteaba. El emperador dio un bufido y tiró los cables al suelo con un impaciente movimiento.

—Su majestad, aun suponiendo que dominara el arte del cableado, seguiría siendo incapaz de realizar trabajos de mantenimiento. Nuestros dedos sencillamente no caben en las máquinas del tamaño de las hormigas.

El ministro de Ciencia, Niniken, dio un largo suspiro:

—Hace ochocientos años —se lamentó—, el difunto emperador se dio cuenta del peligro que suponía depender tanto de las hormigas, y dedicó muchos esfuerzos a investigar nuevas tecnologías y equipos para librarnos de esa dependencia; pero la verdad es que durante los dos últimos siglos (incluido, perdonadme la osadía, el reinado de su majestad), estos esfuerzos han caído en saco roto. Llevamos demasiado tiempo durmiendo en una cama que nos hicieron las hormigas, y no hemos estado lo suficientemente atentos en tiempos de paz.

—¡Yo no he estado durmiendo en la cama de nadie! —gritó furioso el emperador, levantando ambas garras—. De hecho, mis pesadillas están llenas del mismo peligro que vio el difunto emperador… —Señaló con un grueso dedo el pecho de Niniken—. Pero debes saber que los esfuerzos del difunto emperador por librarnos de nuestra dependencia de las hormigas fueron abandonados porque fracasaron. ¡Lo mismo les pasó en la República de Laurasia!

—Exactamente, su majestad —asintió el ministro del Interior, que señaló los cables en el suelo y se dirigió a Niniken—. Doctor, usted seguramente ya sabrá que para que un dinosaurio pueda empalmar unos cables, tendrían que tener entre diez y quince centímetros de diámetro. Pero si fueran tan grandes no podría haber teléfonos móviles con cables tan gruesos como árboles jóvenes, ni tampoco ordenadores. Del mismo modo, si quisiéramos que nuestras máquinas fueran operadas y mantenidas por dinosaurios, la mitad de ellas tendrían que ser al menos cien veces más grandes que ahora, si no varios cientos de veces más grandes. Por no decir que nuestro consumo de recursos y energía se multiplicaría por cien o más. ¡Nuestra economía no podría soportar algo así!

El ministro de Ciencia asintió en señal de aprobación:

—Sí, y hay otra cosa aún más importante: algunas partes de los equipos no se pueden ampliar. Por ejemplo, en los equipos de comunicaciones ópticas y electromagnéticas, la longitud de las ondas electromagnéticas, incluidas las de luz, hace que los componentes utilizados para modularlas y procesarlas no sean demasiado grandes. Sin componentes pequeños es imposible que haya ordenadores y redes, y lo mismo ocurre con la investigación y la producción en los campos de la biología molecular y la ingeniería genética.

El ministro de Sanidad intervino:

—Nuestros órganos son relativamente grandes, y es posible que los médicos dinosaurio lleven a cabo operaciones en ciertos casos; pero las técnicas quirúrgicas de las hormigas tienen la ventaja de no ser invasivas, y son más seguras y eficaces. Según los registros históricos, ha habido médicos dinosaurio que han hecho operaciones invasivas, pero esas técnicas se han perdido, y para recuperarlas haría falta dominar muchas otras técnicas, como la anestesia general o la sutura de heridas. Y luego está la cuestión de las expectativas y los hábitos: después de miles de años disfrutando de la atención médica que nos procuraban las hormigas, la idea de sufrir cortes durante una operación no es plato del gusto de la mayoría de los dinosaurios. En resumidas cuentas: que al menos en un futuro previsible, nuestra medicina no puede prescindir de las hormigas.

—La alianza saurio-fórmica es una elección evolutiva con profundas implicaciones, y sin ella no podría existir la civilización sobre la Tierra. No podemos permitir que las hormigas destruyan esta alianza —concluyó el ministro de Ciencia.

—Entonces, ¿qué podemos hacer? —inquirió el emperador alargando las garras y mirando a todos los presentes.

El ministro de Defensa, Lologa, rompió al fin el silencio que había guardado todo ese tiempo:

—Su majestad, no hay duda de que la Federación Fórmica tiene mucho a su favor, pero nosotros también tenemos nuestras ventajas. El imperio debería aprovecharlo…

El emperador asintió.

—Muy bien, dé la orden al Estado Mayor para que trace un plan de acción —instó al mariscal.

—Mariscal —el ministro del Interior detuvo a Lologa justo antes de que pudiera marcharse—: es fundamental coordinarse con Laurasia en este asunto.

—¡Eso es! —convino el emperador—. Debemos actuar codo con codo, no sea que Dodomi juegue bien sus cartas y consiga poner a las hormigas de parte de Laurasia.

10
La Segunda Guerra Saurio-fórmica

La Ciudad de Marfil, que había sido reconstruida de entre las cenizas de la Primera Guerra Saurio-fórmica, era por aquel entonces la mayor ciudad hormiga del mundo. Era el centro político, económico y cultural de la Federación Fórmica en el continente de Gondwana, y tenía una población de cien millones de hormigas, con una extensión que equivalía a aproximadamente dos campos de fútbol. La Ciudad de Marfil estaba repleta de rascacielos, incluida la Torre Federal, que con sus cinco metros era el edificio más alto del mundo de las hormigas. Normalmente había torrentes de hormigas que se movían sin parar por las calles sinuosas. Como los edificios no necesitaban escaleras, puesto que las hormigas podían acceder a cada piso trepando desde el exterior, esos arroyos a menudo discurrían por los lados de los rascacielos de la ciudad. El espacio aéreo también solía estar lleno de hormigas voladoras, cuyas alas delgadas y transparentes brillaban a la luz del sol. Lo más llamativo de aquel panorama era el conjunto de aerogeneradores que coronaban los tejados de la ciudad, como flores blancas en plena floración.

Aquel día, no obstante, reinaba una calma de cementerio en aquella bulliciosa metrópolis. Todos los habitantes de la ciudad habían sido evacuados, junto con un gran número de hormigas obreras que habían regresado de las ciudades de los dinosaurios, y al este de la ciudad varios cientos de millones de hormigas huían formando un río negro que se perdía en la lejanía.

Al oeste había aparecido una cadena de imponentes montañas metálicas en lo que antes había sido una llanura infinita: diez excavadoras de Gondwana. Las enormes hojas de las excavadoras estaban alineadas una junto a la otra, como un lejano muro de acero formado por rascacielos. El Imperio de Gondwana había lanzado un ultimátum a la Federación Fórmica: si los huelguistas no volvían al trabajo en veinticuatro horas, las excavadoras arrasarían la Ciudad de Marfil. En ese momento el sol se escondía por la raya de poniente, y sus largas sombras caían sobre la ciudad.

A primera hora de la mañana siguiente comenzó la Segunda Guerra Saurio-fórmica. Una brisa despejó la niebla matutina y la luz del alba iluminó un campo de batalla que parecía inconmensurable para las hormigas y claustrofóbico para los dinosaurios. En el extremo occidental de la Ciudad de Marfil, las unidades de artillería de las hormigas habían sido desplegadas formando una impresionante línea de veinte metros de largo, con varios cientos de cañones del tamaño de nuestros petardos brillando bajo el sol naciente. Apartados de la línea del frente, más de mil misiles teledirigidos reposaban en sus lanzaderas, cada uno de ellos del tamaño de uno de nuestros cigarrillos. Un escuadrón de aviones de reconocimiento de la fuerza aérea de las hormigas rodeaba la ciudad como pequeñas hojas atrapadas en un torbellino.

A lo lejos, las diez excavadoras de Gondwana encendieron sus motores y un formidable estruendo llenó cielo y tierra. Mientras las vibraciones viajaban a través del suelo, la Ciudad de Marfil tembló como si hubiera sido sacudida por un terremoto, y las ventanas de vidrio de sus rascacielos se estremecieron en sus marcos. Junto a las excavadoras se encontraban varios soldados dinosaurio que, desde el punto de vista de las hormigas, parecían gigantes. Un oficial que se encontraba entre ellos levantó un megáfono y gritó hacia la Ciudad de Marfil:

—¡Escuchad, bichos! ¡Si no volvéis al trabajo, llevaremos estas excavadoras hasta donde estáis! ¡Arrasaremos vuestra ciudad! De hecho, no hace falta que hagamos tanto. Hace tiempo leí una cita de un antiguo general dinosaurio en un libro sobre la Primera Guerra Saurio-fórmica: «Las ciudades de juguete que nuestros hijos construyen con bloques de madera son más grandes que vuestra Ciudad de Marfil. ¡Podrían inundarla con solo mear encima! ¡Ja, ja, ja…!».

No hubo ninguna respuesta por parte de la Ciudad de Marfil, ni siquiera para recordarle al oficial el desafortunado final que tuvo aquel general dinosaurio.

—¡Al ataque!

Con un gesto de la garra del oficial dinosaurio, las excavadoras comenzaron a avanzar lentamente, ganando velocidad poco a poco. De la Ciudad de Marfil llegó un tenue silbido que a duras penas podía oírse en medio del rugido de las excavadoras, como el aire que escapa de un globo. Miles de hilos blancos superfinos salieron disparados de la ciudad y se fueron alargando rápidamente, como si a la ciudad le hubiese crecido pelo. Era el rastro del humo de los misiles de las hormigas: la ráfaga de proyectiles se elevó sobre el campo abierto que separaba las excavadoras de la ciudad, precipitándose sobre las enormes máquinas y los dinosaurios detrás de ellas.

El oficial dinosaurio que acababa de hablar recibió en una garra el impacto de un misil que explotó con una suave bocanada de humo, gritó de dolor y se sacudió los fragmentos. Al abrir la garra, vio que solo le habían arrancado un pequeño trozo de piel. Varias docenas de misiles más habían caído sobre su cuerpo, explotando con estallidos agudos. Mientras se golpeaba los costados, el dinosaurio se echó a reír:

—¡Oh, vuestros misiles son como mosquitos! ¡Cómo me pica…!

La artillería hormiga inició el bombardeo. La hilera de cañones brilló con fuego, como si alguien hubiera arrojado una ristra de petardos encendidos a las puertas de la Ciudad de Marfil. Los proyectiles llovieron sobre los soldados dinosaurio y las cabinas de las excavadoras, pero los sonidos de las explosiones resultantes fueron ahogados por el estruendo de los motores, y las endebles armas no causaron ningún daño a sus objetivos más allá de las manchas que dejaron en los parabrisas.

A menos de dos metros frente a las excavadoras, más de mil aviones hormiga despegaron del suelo formando una línea recta, con sus finas alas brillando a la luz del sol. La flota sobrevoló las altas palas de las excavadoras y se posó sobre el capó del motor delantero. Era como si las hormigas hubieran aterrizado en una vasta llanura amarilla cuyo suelo metálico temblaba bajo sus pies con el rugido del motor. Para ellas, el parabrisas de la cabina era como un acantilado cuya cima no alcanzaban a ver, un acantilado que reflejaba el cielo azul y las nubes blancas en lo alto, oscureciendo al conductor dinosaurio del interior.

En el centro del capó del motor había una hilera de conductos de ventilación. A las hormigas les parecieron muy anchos y entraron sin problemas: al hacerlo se encontraron en un espacio enorme y aterrador, lleno de tubos gigantescos y enormes ruedas giratorias. Era como si hubieran entrado en un universo compuesto enteramente por mecanismos de acero. El aire sofocante apestaba a diésel, y el monstruoso rugido las golpeó con tanta fuerza que se sintieron aturdidas.

Tal como les habían advertido sus superiores, pudieron ver el monumental ventilador de enfriamiento girando a toda velocidad, generando poderosos vendavales que llenaban el espacio. Siguieron rápidamente una ruta predeterminada por las tuberías rumbo a su objetivo. Las tuberías les parecían muy gruesas y, a medida que avanzaban, sentían como si estuvieran moviéndose sobre crestas anchas y onduladas. Las tuberías formaban una compleja maraña, pero los laberintos eran el hábitat natural de las hormigas. Las unidades encargadas de localizar las bujías del motor encontraron enseguida lo que andaban buscando: vistas de lejos parecían cuatro imponentes pagodas.

No era necesario que las hormigas soldado se acercaran a las bujías, y de hecho las habían avisado de que los campos eléctricos a su alrededor podían fulminarlas fácilmente. Un cable caía desde la parte superior de cada bujía y se posaba en el suelo cerca de las hormigas, cada una del grosor de sus cuerpos. Colocándose junto a los cables, las hormigas soldado quitaron las minas granulares que cargaban a sus espaldas y las colocaron en posición, tres o cuatro minas por cable. Después de ajustar el temporizador de cada mina al intervalo de tiempo deseado, se retiraron.

A diferencia de las bombas incendiarias en miniatura utilizadas en la Primera Guerra Saurio-fórmica, estas minas habían sido diseñadas específicamente para desconectar cables. Se produjo una serie de explosiones casi tan fuertes como nuestros fuegos artificiales, pero apenas perceptibles en medio del estruendo de la máquina, y que sin embargo lograron cortar con precisión los cuatro cables. Allí donde sus extremos rotos tocaban la carcasa de metal se produjeron lluvias de chispas eléctricas de un brillo cegador. Dentro de los cilindros del motor, las bujías desconectadas ya no podían encender el combustible. La pérdida de fuerza motriz hizo que las excavadoras se detuvieran abruptamente y la inercia hizo que varias hormigas salieran despedidas de las tuberías.

Mientras ocurría todo esto, otro grupo de hormigas que había entrado en la excavadora encontró la línea de combustible. Era mucho más gruesa que los cables de las bujías y, a través de la pared de plástico transparente, podían ver con claridad la gasolina que fluía por el tubo. Se subieron a la parte superior, colocaron una decena de minas granulares en un anillo a su alrededor, y acto seguido se retiraron. Habían cumplido su misión.

Las excavadoras de los dinosaurios habían avanzado unos doscientos metros cuando de repente empezaron a detenerse una tras otra. Dos o tres minutos después, seis de las excavadoras estallaron y los conductores dinosaurio escaparon saltando de las cabinas. Antes de que pudieran llegar muy lejos, explotaron otras cuatro excavadoras. Desde el punto de vista de las hormigas que guardaban la Ciudad de Marfil, el espeso humo y las feroces llamas oscurecían la mayor parte del cielo.

Una vez terminadas las explosiones, los conductores de las cuatro excavadoras que no habían ardido regresaron a sus vehículos. Golpeados por el calor de las excavadoras vecinas, levantaron los capós para revisar los motores, y pronto encontraron el origen del problema. Uno de los dinosaurios se sacó instintivamente del bolsillo una varilla de señales, un dispositivo capaz de emitir feromonas de hormigas que los dinosaurios utilizaban para avisar a las hormigas encargadas del mantenimiento técnico. El conductor clavó la mirada en la barra de señal intermitente durante mucho tiempo hasta que recordó que las hormigas ya no trabajaban, y mientras maldecía se agachó para volver a conectar los cables él mismo. Al igual que los otros tres dinosaurios, sin embargo, sus voluminosas garras eran demasiado grandes como para caber dentro de la máquina y sacar los cables. Uno de los conductores tuvo la brillante idea de usar la rama de un árbol para sacarlos, pero sus torpes dedos no pudieron volver a unir los cables y, tras varios intentos, se le volvieron a escapar de las manos. Los conductores se vieron obligados a alejarse de sus excavadoras, mirando impotentes mientras las llamas de los vehículos vecinos se extendían a los suyos.

Las hormigas prorrumpieron en vítores, pero el mariscal Rolie del ejército de la Federación Fórmica, que había dirigido la batalla desde un vehículo blindado, dio la orden de retirarse en silencio. De hecho, la artillería y las unidades de misiles ya habían desaparecido. Mientras las tropas de hormigas restantes se dirigían hacia el este, la Ciudad de Marfil se convirtió en una auténtica ciudad fantasma.

Al ver la hilera de excavadoras en llamas, la vergüenza de los dinosaurios se transformó en furia.

—¡Qué asco de parásitos…! ¿De verdad pensabais que podíais ganar? ¡Trajimos esas excavadoras para divertirnos! ¡Mirad ahora lo que hacemos con vuestra ciudad de pacotilla!

Unos diez minutos después de que los dinosaurios se marcharan, un bombardero de Gondwana sobrevoló la Ciudad de Marfil. Su enorme sombra cubrió la ciudad y lanzó una bomba del tamaño de la carga de uno de nuestros camiones cisterna, que emitió un sonido estridente al caer en la plaza del centro de la ciudad. Hubo una explosión que hizo temblar la tierra y una enorme y oscura columna de polvo se elevó a cien metros de altura. Cuando el polvo se posó y el humo se disipó, había un cráter en el lugar donde antes había estado la Ciudad de Marfil. Del fondo del cráter comenzó a brotar agua subterránea turbia que limpió todo rastro de lo que todavía quedaba de la mayor ciudad del mundo de las hormigas.

La Ciudad Verde, centro urbanístico de la Federación Fórmica en Laurasia, fue destruida casi al mismo tiempo. La hermosa metrópolis fue reducida a un lodazal por una manguera de alta presión de un camión de bomberos de los laurasianos.

11
El equipo médico

El día después de la destrucción de la Ciudad de Marfil, el cónsul supremo de la Federación Fórmica, Kachika, acudió a la Ciudad de Roca a pedir una audiencia con el emperador Dadaeus.

—La Federación Fórmica está sumamente impresionada por la extraordinaria demostración de fuerza del Imperio de Gondwana —empezó Kachika dócilmente.

Dadaeus se animó:

—¡Ja, ja! ¡Por fin has entrado en razón, Kachika! Esta no es la primera vez que los dinosaurios y las hormigas van a la guerra, pero vosotros ya no tenéis la capacidad de combate de antaño: ya no podéis desatar incendios en nuestras ciudades y bosques, ya que las alarmas antiincendio y los extintores automáticos que hemos instalado pueden apagar cualquier llama, aunque sea tan pequeña como una colilla. En cuanto a esa táctica salvaje y absurda de meterse en la nariz de los dinosaurios, ya durante la Primera Guerra Saurio-fórmica teníamos formas de defendernos de ella, aunque eran más engorrosas que ahora.

—Así es, su majestad. El propósito de mi visita es pedir que el Imperio de Gondwana suspenda inmediatamente todos los ataques contra el resto de las ciudades de la Federación Fórmica. Las hormigas pondrán fin a la huelga y reanudarán todo el trabajo en el imperio. La Federación Fórmica ha manifestado el mismo deseo a la República de Laurasia. En estos momentos, decenas de miles de millones de hormigas en todos los continentes están regresando a las ciudades de los dinosaurios.

Dadaeus asintió varias veces en señal de aprobación.

—Así me gusta. La disolución de la alianza saurio-fórmica sería desastrosa para ambos mundos. ¡Al menos este episodio les ha enseñado a las hormigas quién gobierna de verdad la Tierra!

Kachika agachó las antenas.

—¡Ha sido una lección muy elocuente! Para expresar el más sincero respeto de la Federación Fórmica hacia los gobernantes de la Tierra, he traído a nuestro mejor equipo médico para que le cure el ojo a su majestad.

Dadaeus estaba muy complacido. Su lesión ocular lo tenía preocupado desde hacía días, pero sus médicos dinosaurio no habían podido hacer nada más allá de recetarle medicamentos, alegando que necesitaban hormigas para operar. Ni corto ni perezoso, el equipo médico se puso manos a la obra: algunas de las hormigas operaron en la superficie exterior del globo ocular del emperador, mientras que el resto se metió por sus fosas nasales para trabajar en la parte de atrás.

—Su majestad, el primer paso de la operación es eliminar el tejido infectado y muerto de vuestro globo ocular y administraros una inyección —explicó Kachika—;

luego procederemos a reparar la herida con el último agente terapéutico, un tejido vivo cultivado con bioingeniería. Su globo ocular se curará del todo, y ni la visión ni el aspecto de su ojo se verán afectados.

Al cabo de dos horas terminó la operación, y Kachika se marchó con el equipo médico.

El ministro del Interior, Babat, y el ministro de Sanidad, el doctor Vivek, entraron en los aposentos del emperador seguidos de varios dinosaurios que empujaban una gran máquina. El ministro de Sanidad señaló la máquina y comenzó su explicación:

—Su majestad, esto es un escáner tridimensional de alta precisión.

—¿Qué quieres hacer con él? —preguntó Dadaeus, que tenía el ojo izquierdo envuelto en vendas y el derecho entornado con sospecha.

—Por la seguridad de su majestad, necesitamos realizar un escaneo completo de su cabeza —dijo con voz grave el ministro del Interior.

—¿Es realmente necesario?

—Con esos bichos traicioneros es mejor andarse con cuidado...

Dadaeus subió a una pequeña plataforma que tenía la máquina, y un rayo de luz muy fino le pasó lentamente sobre la cabeza. Durante la exploración, el emperador se impacientó.

—Sois unos paranoicos... Las hormigas no se atreverían a jugármela: si las descubriésemos, el Ejército Imperial arrasaría todas sus ciudades en tres días. Las hormigas son astutas, sí, pero también son los más racionales de entre todos los insectos. Su forma de pensar es como un ordenador preciso, no hay lugar para emociones que puedan moverlas a un ajuste de cuentas.

Terminada la exploración, no se detectaron anomalías en el cráneo de Dadaeus. En ese momento, el emperador recibió un informe según el cual las hormigas estaban regresando a las ciudades de los dinosaurios y se estaba recuperando la normalidad.

—Sigo sin quedarme tranquilo, majestad. Conozco a las hormigas… —le susurró el ministro del Interior al oído.

Dadaeus sonrió.

—Hace usted bien de permanecer alerta, y es su deber; ¡pero sepa también que las hemos vencido!

—A partir de ahora, todos los altos funcionarios, los principales científicos y el personal clave deben someterse a exploraciones periódicas como esta. Si a su majestad le parece bien, claro está —dijo el ministro de Sanidad.

—Muy bien, tienes mi visto bueno. Aunque sigo pensando que te pasas de frenada…

Sin embargo, lo que no sabía Dadaeus era que el día anterior veinte hormigas se habían escondido en la enfermería real, y al caer la noche se habían infiltrado en todos y cada uno de los seis escáneres para destruir un microchip demasiado pequeño como para que los dinosaurios lo vieran. Una vez consumado el sabotaje, los escáneres funcionaban con normalidad, pero su precisión se redujo en un veinte por ciento, y fue esa precisión reducida lo que permitió que el escáner no detectara algo en el cráneo de Dadaeus: un objeto minúsculo que medía apenas una décima parte del tamaño de un grano de arroz, y que había sido colocado en secreto por el equipo quirúrgico en la arteria cerebral del emperador —una mina granular con temporizador capaz de cortar la arteria en un instante—. Mil años antes, durante la Primera Guerra Saurio-fórmica, los soldados hormiga habían mordido la misma arteria en el cerebro del general Ishta, justo antes de que muriera por una hemorragia en el campo de batalla frente a la Ciudad de Marfil.

La mina granular estaba lista para detonar al cabo de seiscientas sesenta horas. En aquella época la Tierra giraba más rápido que hoy, y un día tenía apenas veintidós horas, de modo que en exactamente un mes, el grano alojado en el cerebro del emperador explotaría.

12
Planes letales

—Hay un hecho que ha quedado del todo claro: ¡o las hormigas acaban con los dinosaurios, o ambas especies perecerán juntas! —declaró el cónsul supremo Kachika, dirigiéndose a los miembros del Senado de la Federación Fórmica desde el podio del orador.

—Estoy de acuerdo con el cónsul supremo —dijo el senador Birubi agitando las antenas desde su asiento—. Si continúa la tendencia actual, solo hay dos destinos posibles para la biosfera de la Tierra: ¡o ser envenenada por la contaminación de las industrias de los dinosaurios o ser destruida en una guerra nuclear entre Gondwana y Laurasia!

Sus palabras generaron entusiastas reacciones entre los senadores:

—¡Sí, es hora de tomar una decisión final!

—¡Eliminemos a los dinosaurios y salvemos la civilización!

—¡Hay que pasar a la acción! ¡Acción!

—¡Señorías, cálmense, por favor! —El doctor Joye, científico jefe de la Federación Fórmica, agitó las antenas en un intento de sofocar el alboroto—. Recuerden que la relación simbiótica entre hormigas y dinosaurios ha durado más de dos milenios. Esta alianza es la base de la civilización de la Tierra, y si desaparece de repente con los dinosaurios, ¿podrá nuestra civilización seguir existiendo por sí sola? Los beneficios que los dinosaurios obtienen de las hormigas son evidentes, eso lo sabemos todos. Pero lo que nosotros recibimos de los dinosaurios, más allá de las necesidades materiales básicas, es intangible: son sus ideas y su conocimiento científico lo que son de crucial importancia para la civilización de las hormigas.

—Doctor, le he dado muchas vueltas a este asunto —aseguró Kachika—: en los primeros días de la alianza saurio-fórmica, las ideas y el conocimiento de los dinosaurios eran sin duda esenciales para nuestra sociedad, y fue ese impulso lo que permitió que naciera nuestra civilización. Ahora, en cambio, después de dos milenios aprendiendo de los dinosaurios y acumulando conocimiento, el pensamiento de las hormigas ya no es tan simple y mecánico como antaño. Nosotros también somos capaces de pensar de manera científica, diseñar tecnología e innovar, y, de hecho, en campos como el micromecanizado o la bioinformática vamos por delante de los dinosaurios. Sin ellos, nuestra tecnología seguirá progresando como antes. ¡Ya no necesitamos aprovecharlos como fuente de ideas!

—No, no... —El doctor Joye sacudió con fuerza las antenas—. ¡Cónsul supremo, confunde usted tecnología y ciencia! Las hormigas podemos llegar a ser ingenieros excepcionales, ¡pero nunca seremos científicos! La fisiología de nuestro cerebro nos impide tener dos cosas que caracterizan a los dinosaurios: curiosidad e imaginación.

El senador Birubi negó con la cabeza en señal de desacuerdo.

—¿Curiosidad e imaginación? Tonterías, doctor... ¿Le parece que eso es digno de admiración? Eso es justamente lo que hace que los dinosaurios sean unas criaturas tan neuróticas, lo que hace que su estado de ánimo sea tan volátil e impredecible: pierden el tiempo con fantasías y ensoñaciones.

—Pero, senador, son precisamente esa imprevisibilidad y esas fantasías las que hacen posible la inspiración y la creación. Eso es lo que hace posible la investigación teórica de las leyes más profundas del universo, que es la base del progreso tecnológico. Sin teorías abstractas, la invención y la innovación tecnológicas son un árbol sin raíz.

—Vale, vale... —Kachika interrumpió impaciente al doctor Joye—. Ahora no es momento de enzarzarse en discusiones académicas estériles. Doctor, el mundo de las hormigas afronta el siguiente dilema: ¿acabaremos con los dinosaurios o moriremos con ellos?

Joye no respondió.

—Ustedes los académicos hablan mucho, pero no hacen nada. Siempre se les llena la boca de teorías, pero cuando tienen que enfrentarse a un problema real no saben qué hacer... —se burló Birubi, y a continuación se volvió hacia Kachika—: Distinguido cónsul supremo, ¿significa eso que el alto mando federal ya tiene un plan?

Kachika asintió.

—Por favor, permita que el mariscal Rolie se explique...

El mariscal Rolie, que varios días antes había liderado los ejércitos de las hormigas en la segunda batalla de la Ciudad de Marfil, subió al estrado.

—Me gustaría mostrarles algo que hemos inventado por nuestra cuenta, sin depender de nuestros maestros dinosaurios.

A la señal del mariscal, dos hormigas llevaron dos finas tiras blancas que parecían trozos de papel.

—Esta es el arma más tradicional de nuestra civilización, el último modelo de mina granular. Los ingenieros militares de la Federación han desarrollado estas minas laminadas para su uso en esta guerra definitiva.

Agitó las antenas, y otras cuatro hormigas se adelantaron cargando con dos trozos cortos de alambre, el tipo más comúnmente usado en la maquinaria de los dinosaurios. Un cable era rojo y el otro, verde. Las hormigas colocaron los cables en un marco, luego enrollaron las dos tiras blancas con fuerza alrededor de la mitad de cada cable, como trozos de cinta adhesiva blanca. Entonces ocurrió algo increíble: de repente, las dos tiras blancas comenzaron a cambiar de color y adoptaron el tono del cable alrededor del cual estaban enrolladas, de tal manera que una se volvió roja y la otra verde. Pronto se mezclaron del todo con los cables hasta ser indistinguibles.

—Esta es la última arma de la Federación: minas granulares camaleónicas. Una vez fijadas, ¡son absolutamente imposibles de detectar!

Unos dos minutos después, los granos de mina explotaron y provocaron dos grietas que cortaron ambos cables.

—Llegado el momento, la Federación desplegará un

ejército de cien millones de hormigas. Una parte de ese contingente ha reanudado su trabajo en el mundo de los dinosaurios, y la otra está infiltrándose entre ellos mientras hablamos. ¡Este ejército de millones de efectivos colocará doscientos millones de minas camaleón en el cableado de las máquinas de los dinosaurios! Hemos bautizado a esta campaña «Operación Desconexión».

—¡Un magnífico plan! —exclamó con admiración el senador Birubi, lo cual suscitó sinceras muestras de elogio y aprobación por parte del resto de los senadores.

—¡La otra campaña que se llevará a cabo de forma paralela es igual de magnífica! La Federación desplegará otro contingente de veinte millones de hormigas que penetrarán en los cráneos de cinco millones de dinosaurios para colocar minas granulares en sus arterias cerebrales. Estos cinco millones de dinosaurios constituyen la élite de los miles de millones de dinosaurios de la Tierra: incluyen, entre otros, sus líderes nacionales, científicos y técnicos, así como operadores clave. Una vez que estos dinosaurios hayan sido eliminados, su sociedad habrá quedado descabezada, motivo por el cual hemos dado en llamar a esta campaña «Operación Decapitación».

—Ese plan parece más complicado que el primero —comentó Birubi—. Hasta donde yo sé, todo el personal clave de la sociedad de los dinosaurios se somete periódicamente a exploraciones tridimensionales de alta precisión. El Imperio de Gondwana fue el primero en adoptar esta práctica, y la República de Laurasia rápidamente siguió su ejemplo. En el Imperio de Gondwana, hasta el mismísimo emperador Dadaeus se somete a exámenes con regularidad.

—Ya hemos colocado la primera mina granular de la Operación Decapitación —replicó Kachika con aire de autosuficiencia—: está en el cerebro de Dadaeus, la puso el equipo médico que yo mismo dirigí. El emperador se ha sometido a una serie de exámenes desde entonces, pero esa mina sigue adherida a su arteria cerebral.

—¿Está diciendo que hemos desarrollado un nuevo tipo de mina capaz de eludir la detección mediante un escaneo tridimensional de alta precisión…? —preguntó el doctor Joye.

Kachika negó con la cabeza.

—Lo intentamos, pero todos nuestros esfuerzos resultaron infructuosos. El escáner tridimensional de alta precisión es uno de los logros tecnológicos conjuntos más importantes de las hormigas y los dinosaurios en los últimos años: es capaz de detectar e identificar la más mínima irregularidad en el cerebro de los dinosaurios. Por supuesto, las minas granulares instaladas en otras partes del cuerpo de un dinosaurio no son tan fáciles de detectar, pero acabar con la vida de un dinosaurio (o, al menos, hacer que pierda el conocimiento y la capacidad de pensar) con una sola mina es únicamente posible si esta se coloca en la arteria cerebral. Los dinosaurios lo saben, y por eso solo escanean sus cerebros.

Joye reflexionó sobre esto durante un buen rato y luego agitó las antenas confundido.

—Perdóneme, cónsul supremo, pero no veo de qué forma puede escapar a la detección esa mina granular. Yo mismo estuve a cargo del proyecto para desarrollar esos escáneres, así que sé lo potentes que pueden llegar a ser.

Rolie tenía la misma expresión engreída que Kachika:

—Estimado doctor, usted siempre piensa demasiado. Simplemente enviamos un destacamento de soldados que se infiltró en la enfermería real y saboteó los seis escáneres. La destrucción de un solo microchip redujo la precisión de las máquinas en un veinte por ciento, lo cual les impidió detectar la mina.

—¿Y luego qué? ¿No dice que quiere meterse en los cráneos de cinco millones de dinosaurios? Es imposible... —A Joye se le aceleró la respiración al comprender—. No estará pensando en sabotear todos los escáneres del mundo de los dinosaurios, ¿verdad...?

—¡Pues sí, justamente! En comparación con las operaciones Desconexión y Decapitación, eso es coser y cantar. Piense que en estos momentos el mundo de los dinosaurios solo tiene cuatrocientas mil de esas máquinas. Un ejército de cinco millones de hormigas debería bastar para cumplir con la misión.

—Es una locura... —resumió el científico jefe, patidifuso.

—¡Lo mejor del plan es que propone asestar golpes simultáneos contra el mundo de los dinosaurios! —continuó Kachika, tomando el comentario del doctor como un elogio—. ¡Los doscientos millones de minas granulares en la maquinaria de los dinosaurios y los cinco millones de minas granulares de sus cerebros explotarán exactamente al mismo tiempo! ¡Entre las explosiones no habrá más de un segundo de retraso, lo cual asegurará que ninguna parte del mundo de los dinosaurios reciba ayuda ni refuerzos de ninguna otra parte! Primero sus sistemas de información sufrirán un colapso total, y, poco después, las principales industrias y los sistemas de transporte de los dinosaurios se paralizarán. Como el colapso afectará a todos los rincones del mundo de los dinosaurios, no tendrán manera de volver a poner estos sistemas en línea en el corto plazo. ¡Cuando mueran cinco millones de sus miembros más destacados, la sociedad de los dinosaurios entrará en estado de *shock* y se hundirá rápidamente, como un barco con el fondo desgarrado en medio del océano!

»Es bien sabido que las ciudades de los dinosaurios tienen unos niveles muy elevados de consumo. Según nuestras simulaciones de ordenador, en cuanto colapsen los sistemas de información, industriales y de transporte que abastecen a estas ciudades, dos tercios de los dinosaurios en los centros urbanos morirán de hambre en menos de un mes. El resto de la población se dispersará por el campo. Bajo los ataques constantes de nuestras fuerzas y asediados por el hambre y la enfermedad, menos de un tercio de los supervivientes vivirán un año. Quienes lo hagan habrán regresado a la sociedad de la era preindustrial y no representarán una amenaza para el mundo de las hormigas. Entonces nosotros seremos los verdaderos gobernantes de la Tierra.

—Señor cónsul supremo, ¿puede decirnos cuándo llegará ese gran momento? —preguntó Birubi, incapaz de contener su emoción.

—La detonación de todas las minas granulares está programada para la medianoche de dentro de un mes.

Las hormigas gritaron de júbilo. Joye agitó desesperado las antenas, intentando calmar a las hormigas reunidas, pero los vítores no disminuyeron. Fue solo con un grito como consiguió que todos se calmaran y se volvieran hacia él.

—¡Basta! ¿Se han vuelto todos locos? —aulló Joye—. ¡El mundo de los dinosaurios es un sistema extremadamente complejo e increíblemente vasto, y si colapsa de repente tendrá consecuencias que no podemos predecir!

—Doctor, aparte de la destrucción del mundo de los dinosaurios y la victoria definitiva de la Federación Fórmica sobre la Tierra, ¿puede decirnos cuáles son las demás consecuencias? —quiso saber Kachika.

—¡Lo acabo de decir! ¡Son muy difíciles de predecir! —replicó.

—Y dale… Joye, estamos hartos de oírle siempre la misma historia —terció Birubi.

Los otros senadores también protestaron por la actitud aguafiestas del científico jefe.

Rolie se acercó a Joye y le dio unas palmaditas con la pierna delantera. El mariscal era una hormiga impertérrita, una de las pocas que no se había deshecho en vítores.

—Doctor, entiendo sus preocupaciones, y, de hecho, comparto algunas de ellas; pero, siendo realistas, no creo que la Federación Fórmica tenga otra opción. Los académicos como usted no pueden ofrecernos una alternativa mejor. En cuanto a las terribles consecuencias de las que usted habla, creo que el escenario más probable es la pérdida de control sobre los arsenales nucleares de los dinosaurios. Esas armas son capaces de acabar con toda la vida sobre la faz de la Tierra, pero no hay de qué preocuparse. Es cierto que los sistemas nucleares de ambas naciones de dinosaurios están completamente controlados por ellos mismos, y que las hormigas solo pueden realizar labores de mantenimiento rutinario limitadas bajo una estricta supervisión. Pero infiltrarse en esos sistemas será pan comido para nuestras fuerzas especiales: desplegaremos más del doble de minas granulares en los sistemas nucleares que en otros sistemas. Cuando llegue el momento preciso, los sistemas se paralizarán, como todos los demás. No explotará ni una sola ojiva.

Joye suspiró:

—Mariscal, es mucho más complicado que eso. La pregunta fundamental es la siguiente: ¿entendemos realmente el mundo de los dinosaurios?

La pregunta cogió a todas las hormigas desprevenidas por un momento. Kachika miró a Joye y dijo:

—Doctor, ¡hay hormigas en cada rincón del mundo de los dinosaurios, y así ha sido durante tres mil años! ¿Cómo puede hacer una pregunta tan tonta?

Joye agitó lentamente sus antenas:

—Los dinosaurios y las hormigas, después de todo, son dos especies muy diferentes que habitan mundos que no tienen nada que ver el uno con el otro. Algo me dice que el mundo de los dinosaurios guarda grandes secretos de los que las hormigas no sabemos nada de nada.

—Si no puede ser más específico, también puede dejar el tema —se burló Birubi.

—Solicito crear un sistema de recopilación de información de inteligencia —continuó Joye—: cada vez que se implante una mina granular en el cerebro de un dinosaurio, también habrá que instalar un dispositivo de escucha en su cóclea. Dirigiré un departamento que observará y analizará la información enviada por estos dispositivos, a fin de descubrir cosas que hasta ahora desconocíamos.

—El trabajo preparatorio para la Operación Decapitación habrá terminado en medio mes —dijo Rolie—. Su departamento se verá inundado de datos procedentes de cinco millones de dispositivos de escucha, y por muchos esfuerzos que invierta en analizarlos, las minas granulares detonarán antes de que le dé tiempo a diseccionar siquiera una pequeña parte de esa información.

Joye agachó las antenas.

—Mariscal, es por ello por lo que le pido que el tiempo de detonación de las minas se retrase otros dos meses, para que podamos analizar la mayor cantidad de información posible. Quizá podamos descubrir algo.

—¡Qué disparate! —exclamó indignado Kachika—. No puede haber demoras. Un mes es todo el tiempo que necesitamos para colocar las minas granulares. ¡No podemos aplazar ese tiempo ni un segundo: una demora indebida no causará más que problemas, así que debemos actuar cuanto antes! ¡Además, dudo mucho que haya algo sobre el mundo de los dinosaurios que no sepamos ya!

13
Minas granulares

El emperador Dadaeus entró en la Torre de Comunicaciones de la Ciudad de Roca, flanqueado por el ministro del Interior y el ministro de Seguridad. Esa torre era el corazón de la red de información de la ciudad, que procesaba e intercambiaba datos entre la capital y el resto del imperio. Había más de cien centros de redes de este tipo en Gondwana que formaban la columna vertebral de la vasta red de información imperial.

Dadaeus y sus ministros entraron en la espaciosa sala de control principal de la Torre de Comunicaciones, que estaba llena de resplandecientes pantallas de ordenador. Cuando los dinosaurios que trabajaban vieron al emperador, se pusieron de pie en señal de respeto.

—¿Quién está al mando aquí? —preguntó el ministro del Interior. Dos dinosaurios dieron un paso al frente y se presentaron como el ingeniero principal y el director de seguridad del centro de redes. El ministro les preguntó—: ¿Qué pasa con las hormigas que trabajan aquí?

—Han terminado su jornada laboral —respondió el ingeniero jefe.

El ministro del Interior asintió.

—Supongo que habréis recibido la orden del Ministerio de Seguridad de realizar una inspección exhaustiva de todos los ordenadores y equipos de red para evitar un posible sabotaje por parte de las hormigas. Se trata de una inspección a nivel nacional que se lleva a cabo en todos los rincones del imperio, y que supera en tamaño y alcance a cualquier inspección anterior. Su majestad imperial ha venido en persona a inspeccionar vuestro trabajo.

—Llevamos a cabo una inspección exhaustiva tan pronto como recibimos la orden. Ahora todos los equipos clave se revisan dos veces, y hemos reforzado nuestras medidas de seguridad. Puedo garantizar la seguridad del centro de redes, así que su majestad puede quedarse tranquilo —aseguró el ingeniero principal.

—Enséñanos la parte más importante de este centro —dijo Dadaeus.

—¿La sala de servidores? —El ingeniero jefe lanzó una mirada inquisitiva al ministro del Interior, que asintió; entonces llevó al emperador y a los dos ministros al corazón de la red. Caminaron entre filas y filas de servidores de color blanco, unos enormes ordenadores que procesaban ingentes cantidades de información de todo el mundo y emitían un suave zumbido a su alrededor, como si fueran seres vivos.

—¿Qué se ha hecho para garantizar la seguridad de estas instalaciones? —preguntó el ministro del Interior.

—Las hormigas que trabajan en el centro de red tienen terminantemente prohibido entrar en esta sala sin autorización. Todo el trabajo de mantenimiento se lleva a cabo bajo la estrecha supervisión de los dinosaurios —respondió el jefe de seguridad; cogió una lupa de la puerta de un armario de servidores y continuó—. Como puede ver su majestad, usamos esto para monitorear el trabajo de las hormigas. Están bajo la atenta mirada de un dinosaurio cada momento que pasan dentro del servidor. —Hizo un gesto para llamar la atención de los visitantes hacia las lupas que colgaban de cada puerta de los armarios de los servidores.

—Muy bien —asintió el ministro del Interior—. ¿Y qué medidas habéis tomado para evitar la infiltración de hormigas venidas de fuera?

—En primer lugar, hemos sellado herméticamente la sala de servidores para impedir la entrada de intrusos.

—¡Hum! ¿Sellado herméticamente? ¡No me hagas reír! —se burló el ministro de Seguridad, que había permanecido callado hasta ese momento—. He visto la habitación más hermética del mundo de los dinosaurios, una bóveda del Banco Imperial de Gondwana en la que se guardaba moneda hormiga. ¿Sabes cómo estaba sellada esa bóveda? Podía extraerse el aire del interior para crear un vacío. El aire del exterior no puede entrar, es un sello perfecto. El banco esperaba frustrar a un grupo especialmente desenfrenado de ladrones hormiga que atacaba a los principales bancos equipando el interior de la bóveda con detectores de gas sensibles. De esa manera, tan pronto como las hormigas perforaran la pared de la bóveda, se filtrarían pequeñas cantidades de aire desde el exterior y los sensores harían sonar la alarma. Pero aun así, lograron robar la bóveda sin activar la alarma. Incluso después de rastrear la escena del crimen, nunca pudimos descubrir dónde o cómo entraron las hormigas. Sospecho que montaron una cámara de vacío en miniatura en la pared exterior de la bóveda y perforaron el interior de la cámara. Después de limpiar la bóveda, volvieron a tapar el agujero para evitar que el aire entrara. La astucia de las hormigas está más allá de nuestra imaginación. Al mismo tiempo, su pequeño tamaño les da una ventaja. Es imposible proteger edificios masivos en ciudades como la nuestra contra ellos usando sellos.

—¿Es posible sellar herméticamente los servidores para evitar el sabotaje de las hormigas? —inquirió Dadaeus.

—Eso también es difícil, su majestad —respondió el ministro de Seguridad—. De entrada, hay ciertos agujeros que son fundamentales para el funcionamiento de las máquinas, como los conductos de ventilación o las aperturas de cables y unidades de disco. Además, aunque selláramos completamente una máquina, no podríamos protegerla contra las hormigas. Como saben, esos bichos son excelentes perforadores. Es un instinto que conservan desde la época en que excavaban nidos. Tienen todo tipo de herramientas diminutas pero poderosas para perforar rápidamente cualquier material.

—Para garantizar de verdad la seguridad de las máquinas, el único método eficaz es verificarlas una, dos y tres veces. ¡No hay que bajar la guardia ni un momento! —regañó con severidad el ministro de Seguridad al ingeniero jefe y al jefe de seguridad.

—¡Sí, ministro! —gritaron al unísono los dos dinosaurios, poniéndose firmes.

El ministro de Seguridad se detuvo delante de un servidor y ordenó:

—Inspeccionad esta máquina.

Luego dijo algo en su radio bidireccional, y enseguida llegaron cinco ingenieros pertrechados con linternas, lupas y otras herramientas, así como dos instrumentos especializados. Los ingenieros abrieron la puerta del armario y comenzaron a inspeccionar cuidadosamente el interior. No fue una tarea fácil: el cableado y los componentes del interior del servidor formaban un nudo enredado, y los dinosaurios tuvieron que estudiarlo minuciosamente con sus lupas, como si estuvieran leyendo un ensayo largo y complicado o deambulando por un vasto laberinto.

Justo cuando Dadaeus y sus ministros empezaban a impacientarse, uno de los ingenieros gritó:

—¡Oh, he encontrado algo! ¡Es una mina granular! —Le entregó la lupa a Dadaeus—. ¡Su majestad, está ahí mismo, en ese cable verde!

El emperador miró a través de la lupa y asintió satisfecho. Otro dinosaurio sacó un objeto con forma de bolígrafo, una aspiradora en miniatura, y presionó la punta contra el alambre. El dinosaurio pulsó un interruptor y la pequeña bolita amarilla fue succionada.

—¡Buen trabajo! —El ministro de Seguridad dio unas palmaditas en el hombro al ingeniero que había descubierto la mina granular, y luego se volvió hacia Dadaeus—. Su majestad, esa falsa mina granular fue colocada ahí por orden mía, para demostrar la efectividad del proceso de inspección de seguridad del centro.

Dadaeus no se sintió demasiado impresionado.

—Hum, sigo teniendo mis dudas… Como dices, las hormigas son pequeñas y astutas, y si deciden causar estragos, será difícil detenerlas. Siempre he pensado que la mejor manera de atajar el peligro que suponen es amenazándolas con represalias masivas. Después de destruir dos de sus ciudades más importantes, contamos con un factor de disuasión suficiente como para mantener a raya a la Federación Fórmica: les hemos dejado meridianamente claro que su mundo no es más que un arenero para nosotros, y que podríamos destruir sin esfuerzo todas las ciudades hormiga de la Tierra en un par de días. En semejantes circunstancias, no se atreverán a llevar a cabo ningún acto de sabotaje contra nuestro mundo. Son criaturas absolutamente racionales, y sus acciones se rigen por consideraciones mecánicas desapasionadas. Ese tipo de pensamiento les impide correr riesgos.

—Su majestad, hay mucha verdad en lo que decís, pero anoche tuve una pesadilla que planteó otra posibilidad.

—Has tenido muchas pesadillas últimamente.

—Eso es porque mi intuición me dice que sigue habiendo un gran peligro. Su majestad, la estrategia de disuasión del imperio se basa en la premisa de que, en el caso de que las hormigas destruyeran una parte del mundo de los dinosaurios, la otra parte podría lanzar un devastador contraataque contra ellas. Pero ¿y si las hormigas atacan todos los rincones del mundo dinosaurio al mismo tiempo? Si tuvieran éxito, no podríamos tomar represalias; y en ese caso perderíamos nuestra capacidad de disuasión.

Dadaeus pensó por un momento y negó con la cabeza.

—El escenario que acabas de describir es solo una posibilidad teórica. Es un caso extremo que nunca sucederá.

—Su majestad, ese es el otro lado del pensamiento mecánico de las hormigas: mientras exista una posibilidad teórica, lo intentarán. En sus estimaciones simplistas, nada es demasiado loco.

—Sigo pensando que es poco probable que ocurra algo así. Además, las medidas de seguridad del imperio son muy rigurosas. Si las hormigas estuvieran planeando una operación a gran escala, nos daríamos cuenta enseguida. Lo que me preocupa ahora no son las hormigas, son esos laurasianos. ¡Su amenaza es cada vez mayor!

Aparte de los dinosaurios reunidos en la sala de servidores, había otros seres escuchando las palabras de Dadaeus: doce hormigas soldado escondidas debajo de la placa base de uno de los ordenadores. Cinco horas antes se habían infiltrado en la Torre de Comunicaciones a través de una tubería de agua, para luego dirigirse a la sala de servidores por una pequeña grieta en el suelo tras colarse por un respiradero. El ministro de Seguridad tenía razón: las hormigas podían pasar como si nada por entre los enormes edificios y maquinaria de los dinosaurios.

Al oír acercarse a los dinosaurios, las hormigas se escondieron rápidamente debajo de una placa base más grande que el estadio de fútbol que había sido la Ciudad de Marfil. Oyeron la puerta del armario del servidor abriéndose, y a través de un pequeño orificio vieron una lupa que cubría todo el cielo y el ojo gigante de un ingeniero dinosaurio distorsionado a través de su propia lente. Las hormigas estaban aterrorizadas, pero el dinosaurio no las vio. Cuando el ingeniero descubrió la falsa mina granular que un miembro de su propia especie había escondido, había pasado por alto una mina real que las hormigas acababan de colocar al lado. La pequeña y delgada tira ya había adquirido el color del cable en el que estaba envuelta, lo que la hacía prácticamente indetectable. En las inmediaciones, otra decena de minas envolvían cables de diferentes colores y grosores.

También había minas pegadas a la placa de los circuitos. Esos artefactos tenían una función de cambio de color más avanzada: diferentes partes de su superficie podían adoptar diferentes colores para combinarse a la perfección con la placa del circuito bajo de ellas. Con un camuflaje tan impecable, eran incluso más difíciles de detectar que las minas granulares de los cables. Este tipo de mina no fue diseñada para explotar, sino para que llegado el momento indicado, derramase varias gotas de ácido fórmico que causaría la corrosión de los circuitos grabados en la placa de circuito.

Las hormigas debajo de la placa base escucharon la conversación entre el ministro del Interior y el emperador. Cuando la puerta del armario se cerró, se hizo la noche en el interior del servidor. Como una luna esmeralda, colgaba del cielo la luz de un indicador de energía, y el zumbido del ventilador de enfriamiento y los sonidos del disco duro acentuaban la placidez de aquel mundo.

—Pues creo que ese ministro tenía gran parte de razón: ¡si la federación tomara medidas así, podríamos destruir el mundo de los dinosaurios! —comentó una hormiga soldado.

Otra hormiga soldado dijo:

—Quizá eso es exactamente lo que estamos haciendo ahora. ¿Quién sabe?

Ese grupo de hormigas soldado no lo sabía, pero no eran las únicas hormigas en la Torre de Comunicaciones. De hecho, en cada servidor y en cada centralita del piso de abajo había un equipo de hormigas llevando a cabo exactamente la misma tarea. La idea de que cientos de millones de hormigas en todos los continentes estuvieran haciendo lo mismo era absolutamente impensable.

Esa noche, el ministro del Interior, Babat, tuvo una pesadilla. Soñó que una masa oscura de hormigas le trepaba por la nariz y se le metía en el cuerpo; luego los insectos le salían por la boca en largas hileras, cada uno de ellos con algo en la boca: sus entrañas, que las hormigas habían despedazado a mordiscos y ahora desechaban solo para volver a meterse en su nariz y seguir devorándolo en medio de un ciclo interminable. Podía sentir que poco a poco lo iban vaciando por dentro.

La pesadilla del ministro del Interior no iba tan desencaminada. En ese preciso instante, dos hormigas soldado estaban viajando por su nariz: se habían metido en su dormitorio durante el día y se habían escondido bajo la almohada, aguardando el momento preciso. Ahora, impulsadas por el viento de la respiración del dinosaurio, recorrieron rápidamente las fosas nasales. Una vez allí se introdujeron en el cráneo con facilidad y llegaron al cerebro.

Encendiendo una pequeña luz, una hormiga localizó enseguida la principal arteria cerebral, en cuya pared transparente la otra hormiga colocó una mina amarilla. Entonces se retiraron del cerebro, siguiendo otro pasaje sinuoso hacia abajo a través del oscuro y húmedo cráneo hasta que llegaron al oído. De pie ante el tímpano, una franja de luz se filtró por la membrana translúcida, y los débiles sonidos del mundo exterior, amplificados por la cóclea, llenaron el aire con un ruido fuerte. Las dos hormigas se dispusieron a instalar un dispositivo de escucha debajo del tímpano.

El ministro del Interior seguía atrapado en su pesadilla. En su sueño, sus órganos internos ya habían sido completamente extirpados, pero más hormigas se metieron dentro de él con la intención de usar su cuerpo como nido... Se despertó envuelto en un sudor frío.

Cuando las dos hormigas que trabajaban frenéticamente en el interior de su oído tuvieron la sensación de que todo a su alrededor comenzaba a moverse y que aumentaba la gravedad, supieron que el dinosaurio se había despertado y se había incorporado para sentarse. Entonces, un sonido ensordecedor llenó todo el espacio en penumbra, sacudiendo a las hormigas. La mayor parte del sonido que les llegó se había transmitido por medio de los huesos del cráneo en forma de vibraciones, y es que era la propia voz del dinosaurio:

—¡Guardia! ¡Guardia!

Hubo otra voz, esta vez procedente del exterior. El tímpano vibró tan violentamente que su superficie pareció difuminarse.

—¿Qué sucede, ministro?

—Ve a por un escáner. ¡Necesito que me examinen de inmediato!

Las dos hormigas se miraron nerviosas.

—¿Qué hacemos? —preguntó una de ellas—. ¿Perforar el tímpano y escapar por el canal auditivo?

—¡No, si hacemos eso nos descubrirán! Pongámonos a cubierto en los pulmones: normalmente solo escanean la cabeza.

Dejando tras de sí el dispositivo de escucha ya instalado, las dos hormigas descendieron a toda prisa en medio de la oscuridad. En las fosas nasales dieron un giro brusco y enseguida llegaron a la entrada de las vías respiratorias. Esperaron en silencio a que el dinosaurio inhalara antes de saltar, cabalgando el vendaval a través de la tráquea y hacia los pulmones. En la oscuridad, oyeron un silbido como una lluvia en un bosque por la noche, que no era otra cosa que el sonido del intercambio gaseoso que se producía en los sacos de aire. También pudieron oír un leve zumbido procedente del mundo exterior, el sonido del escáner tridimensional en funcionamiento. Al cabo de unos minutos, se oyó una voz. Aunque ahí era mucho más débil que en el cráneo del dinosaurio, las hormigas aún podían distinguir las palabras.

—Ministro, hemos completado la exploración. No se ha detectado ninguna anomalía.

Las hormigas sintieron la presión del aire caer de repente en los pulmones cuando el dinosaurio dio un suspiro de alivio.

—Ministro, esta es la tercera vez que nos pide un escaneo esta noche, pero los resultados son siempre normales. Creo que se preocupa usted demasiado.

—¿Que me preocupo demasiado? ¡Qué sabréis vosotros, idiotas! La gente no para de hablar de la amenaza de Laurasia. ¡Ponen todos sus esfuerzos en prepararse para una guerra nuclear con ellos, pero yo soy el único dinosaurio lúcido de todo el imperio! ¡Soy el único que sabe dónde está la auténtica amenaza!

—Pero… ninguno de los exámenes que hemos hecho en los últimos días ha mostrado nada raro…

—Me pregunto si vuestras máquinas estarán funcionando bien…

—Ministro, no debería haber ningún problema con las máquinas. Ya probamos todos los escáneres de la enfermería real. Esta vez, siguiendo sus instrucciones, tomamos prestado un escáner de otro hospital importante en la Ciudad de Roca. Los resultados han sido siempre los mismos.

El ministro del Interior se recostó en la cama y volvió a sumirse en otro sueño lleno de pesadillas. Sin hacer el más mínimo ruido, las hormigas que estaban en sus pulmones salieron de sus fosas nasales, bajaron de la cama, se deslizaron por el suelo y salieron del dormitorio.

Mientras, en todos los continentes, veinte millones de hormigas se colaron en los cráneos de cinco millones de dinosaurios, plantando en sus arterias cerebrales mortíferas minas granulares. Instalaron dispositivos de escucha en los tímpanos de más de un millón de estos dinosaurios, incluidos el emperador Dadaeus y el presidente Dodomi. A través de estaciones repetidoras esparcidas por todo el planeta, estos dispositivos de escucha comenzaron a retransmitir grandes cantidades de información a una supercomputadora en el alto mando de la Federación Fórmica, donde un departamento de reciente creación dirigido por el científico jefe Joye emprendió una titánica tarea de análisis, escarbando el mar de datos en busca de los secretos del mundo de los dinosaurios.

14
Dios del Mar y Luna Brillante

En el alto mando de la Federación Fórmica, el cónsul supremo Kachika y el comandante en jefe, el mariscal Rolie, estaban dirigiendo la destrucción del mundo de los dinosaurios. Dos pantallas grandes mostraban el progreso de la Operación Desconexión y la Operación Decapitación: en la parte inferior de la pantalla de estado de la Operación Desconexión había una cifra que no paraba de aumentar, y que representaba el total de minas colocadas en la maquinaria del mundo de los dinosaurios. La pantalla también mostraba un mapa del mundo en el que podían verse los continentes superpuestos con una densa y desconcertante serie de puntos, círculos y flechas brillantes que indicaban la ubicación de las minas y otros detalles. En la pantalla de estado de la Operación Decapitación, una segunda cifra representaba el número de minas colocadas en los cerebros de los dinosaurios. Cada vez que aumentaba dicha cifra, aparecían en pantalla el nombre y el cargo del dinosaurio en cuyo cerebro se había colocado la mina.

—Parece que todo va viento en popa —le informó Rolie a Kachika.

Justo en ese momento entró en la habitación el científico jefe de la federación, el doctor Joye.

—¡Ah, doctor, hacía una semana que no lo veía! —exclamó Kachika a modo de saludo—. ¿Ha estado ocupado analizando la información interceptada? A juzgar por su expresión sombría, parece que tiene algo increíble que contarnos.

Joye agachó las antenas.

—Sí, necesito hablar con los dos de inmediato.

—Estamos muy ocupados, así que vaya al grano.

—Me gustaría que ambos escucharan una grabación. Es una conversación interceptada entre Dadaeus y Dodomi durante la cumbre Gondwana-Laurasia de ayer.

—¿Qué secreto podría contener esa cumbre? —objetó Kachika—. Todos sabemos que las conversaciones de desarme nuclear entre los dos países fueron un fracaso. La guerra entre Gondwana y Laurasia es inminente, lo cual demuestra que hicimos bien al elegir este plan. Debemos destruir a los dinosaurios antes de que provoquen una guerra nuclear, para proteger la Tierra.

—Eso es un muy buen resumen del comunicado de prensa, pero quiero que escuchen los entresijos de una reunión secreta que se produjo en la cumbre. En esta grabación los dinosaurios desvelan algo que no sabíamos.

La grabación comenzó:

DODOMI: Su majestad, ¿sabéis cuál es la verdadera razón por la que las hormigas capitularon con tanta facilidad? Estoy seguro de que la decisión de poner fin a su huelga no es más que un intento de ganar tiempo. La Federación Fórmica está tramando algo importante contra el mundo de los dinosaurios.

DADAEUS: Señor presidente, ¿cree que soy tan tonto como para no ver algo tan obvio? Comparada con la decisión de Laurasia de poner a Luna Brillante en cuenta atrás, sin embargo, la amenaza que representan las hormigas —incluso la amenaza que representan las armas nucleares de Laurasia— es nimia.

DODOMI: Sí, en comparación con la amenaza de las hormigas y el riesgo de una guerra nuclear, Luna Brillante y Dios del Mar son naturalmente peligros mucho mayores para la civilización terrestre. Discutamos esto entonces, ¿les parece? ¡Es indignante que nos acuséis a nosotros, cuando fue la cuenta atrás de Dios del Mar la primera en comenzar!

—Un momento, un momento… —interrumpió Kachika agitando las antenas—. Doctor, no entiendo de qué están hablando…

Joye paró la grabación.

—En esta conversación hay dos datos importantes: ¿a qué se refieren con eso de «Luna Brillante» y «Dios del Mar»? ¿Qué es un temporizador de pérdida de comando?

—Doctor, en las conversaciones entre los principales líderes de dinosaurios suele haber nombres en código extraños. ¿Cómo es que eso le preocupa tanto?

—De esta conversación podemos deducir que esas dos cosas son lo bastante peligrosas como para amenazar al mundo entero.

—Está claro que eso es imposible: doctor, cualquier

cosa que pueda constituir una amenaza para el mundo entero tendría que ser a la fuerza una instalación masiva. Para acabar con la civilización en la Tierra, por ejemplo, se necesitarían más de diez mil misiles intercontinentales. ¡Imagine el tamaño de una instalación de lanzamiento como esa! Por no hablar de que un sistema tan enorme y complejo nunca podría funcionar correctamente sin que nosotros participáramos en su mantenimiento. En otras palabras, si existiera una instalación semejante, la Federación Fórmica lo sabría. De hecho, los sistemas de armas nucleares de ambas potencias de dinosaurios son imposibles de mantener sin nosotros, y sabemos todo lo que hay que saber sobre ellos.

—Estoy de acuerdo con usted, cónsul. Ninguna gran instalación en la Tierra podría mantenerse oculta para nosotros, pero podría tratarse de una instalación simple de un alcance más modesto. Siempre que una instalación de estas características pueda funcionar sin que las hormigas se encarguen de su mantenimiento, como por ejemplo un misil intercontinental, podría permanecer en espera para su lanzamiento inmediato durante mucho tiempo sin nuestra participación. Quizá Luna Brillante y Dios del Mar sean armas de esas.

—Si ese es el caso, no hay necesidad de preocuparse. Instalaciones tan pequeñas difícilmente podrían constituir una amenaza para el planeta. Como le acabo de decir, harían falta miles de armas termonucleares de alto rendimiento para destruir la Tierra.

Joye guardó silencio varios segundos. Luego puso su cara muy cerca de la de Kachika, cruzando sus antenas, hasta que sus ojos casi se tocaron.

—Ese es el quid de la cuestión, cónsul: ¿son las bombas nucleares realmente las armas más potentes de la Tierra?

—¡Doctor, eso es de sentido común!

Joye apartó la cabeza y agachó las antenas.

—Sí, es de sentido común; y ese es precisamente el gran defecto de la forma de pensar de las hormigas. Nosotros nos limitamos al conocimiento común, mientras que los dinosaurios buscan constantemente territorios nuevos e inexplorados. A través de la observación astronómica, los dinosaurios han descubierto la existencia de objetos celestes distantes llamados cuásares, que pueden irradiar más energía que toda una galaxia de estrellas. En comparación con ese nivel de producción, la fusión nuclear es menos luminosa que una luciérnaga. También han visto que cuando la materia cae en un agujero negro interestelar, emite una radiación extremadamente fuerte que genera energía a un ritmo mucho mayor que la fusión nuclear.

—Pero esos objetos de los que usted habla están a miles de años luz de distancia… No tienen nada que ver con nuestra realidad.

—Déjenme recordarles algo que sí tiene una relación directa con nuestra realidad: ¿se acuerdan de aquel nuevo sol que apareció de repente en el cielo nocturno hace tres años?

Kachika y Rolie lo recordaban, por supuesto. Fue un acontecimiento sin precedentes que había dejado una profunda huella en todos ellos: en medio de una fría noche de invierno apareció súbitamente en el cielo del hemisferio sur un nuevo sol que en un instante hizo que en la Tierra hubiera tanta luz como durante el día. La luz de aquel sol era tan intensa que mirarla de cara provocaba ceguera temporal. El sol se apagó aproximadamente veinte segundos después, pero no antes de que su calor convirtiera la gélida noche de invierno en un sofocante día de verano. Las inundaciones repentinas causadas por el rápido deshielo de la nieve habían anegado muchas ciudades, una situación que había sacudido el mundo de las hormigas. Sin embargo, cuando preguntaron a los dinosaurios qué era lo que había sucedido, sus científicos no les dieron ninguna explicación y las hormigas pronto se olvidaron del asunto.

—En ese momento, la única conclusión definitiva que pudimos sacar de nuestras propias observaciones fue la siguiente: el nuevo sol había aparecido aproximadamente a una unidad astronómica de la Tierra, o la misma distancia entre la Tierra y el Sol actualmente en el cielo. Partiendo de la base de la distancia y la cantidad de radiación recibida, pudimos inferir la luminosidad de este nuevo sol: si se generó una cantidad tan grande de energía mediante fusión nuclear, allí tendría que haber habido un objeto celeste relativamente grande, pero las observaciones astronómicas tomadas desde entonces muestran que ese objeto no existe. En otras palabras, es posible que en este sistema solar existan procesos que generen una mayor energía que la fusión nuclear.

Kachika seguía sin estar demasiado convencido.

—Doctor, todo eso también está un poco alejado de la realidad. Aun en el caso de que existiera una energía como esa, todavía no hay pruebas de que los dinosaurios hayan sido capaces de traerla a la Tierra. De hecho, la probabilidad de que lo hayan conseguido es prácticamente nula. Como ustedes saben, una unidad astronómica es una gran distancia, pero la mayoría de las naves espaciales de los dinosaurios operan en una órbita cercana a la Tierra. Para ellos no sería nada fácil recorrer unas distancias tan largas en el espacio.

—Yo antes pensaba lo mismo, pero… —Joye hizo una pausa—. Por favor, sigan escuchando la grabación… —dijo mientras volvía a encender la grabadora.

DADAEUS: Estamos jugando un juego muy peligroso, más peligroso de lo tolerable. Laurasia debería detener de inmediato el temporizador de pérdida de comando de Luna Brillante, o al menos pasar a un temporizador regular. Si lo hace, Gondwana hará lo mismo.

DODOMI: ¡Gondwana debería detener primero el cronómetro de Dios del Mar! Si lo hace, Laurasia hará lo mismo.

DADAEUS: ¡Fue Laurasia quien activó primero el temporizador de Luna Brillante!

DODOMI: Pero su majestad, incluso antes de eso, si una nave espacial de Gondwana no hubiera hecho esa triquiñuela en el espacio el 4 de diciembre de hace tres años, ¡Luna Brillante y Dios del Mar ahora no existirían! ¡Ese demonio habría seguido su camino fuera del sistema solar y habría dejado a la Tierra en paz!

DADAEUS: ¡Aquello era una investigación científica…!

DODOMI: ¡Basta! ¡Aún hoy seguís repitiendo mentiras descaradas! Fue el Imperio de Gondwana el que empujó a la civilización de la Tierra al borde del abismo. ¡Unos criminales como vosotros no tenéis derecho a exigirle nada a Laurasia!

DADAEUS: En ese caso parece que la República de Laurasia no tiene intención de hacer la primera concesión.

DODOMI: ¿Y qué hay del Imperio de Gondwana?

DADAEUS: Muy bien; parece que a ninguno de nosotros le importa la destrucción de la Tierra.

DODOMI: Si a vosotros no os importa, a nosotros tampoco.

DADAEUS: Ja, ja, ja… Está bien, está bien. De todos modos, a los dinosaurios nunca nos ha importado mucho nada.

Joye paró la grabación y se volvió hacia Kachika y Rolie.

—Supongo que se habrán fijado en la fecha mencionada en la conversación…

—¿El 4 de diciembre de hace tres años? —musitó Rolie, intentando recordar—. Ese fue el día en que apareció el nuevo sol…

—Así es: ese es el hilo conductor de todo esto. No sé ustedes, pero esto hace que las antenas se me pongan como escarpias.

—No tenemos ningún inconveniente en que usted haga todo lo que tenga que hacer para esclarecer este asunto —dijo Kachika.

Joye suspiró.

—¡Es más fácil de decir que de hacer! La mejor manera de desentrañar este enigma sería buscar en las redes militares de los dinosaurios, pero nuestros ordenadores son estructuralmente incompatibles con los suyos. Aunque podemos infiltrarnos fácilmente en el *hardware* de sus ordenadores, hasta ahora nunca hemos logrado piratear su *software*. ¿Por qué íbamos a recurrir a una técnica tan rudimentaria como escuchar a escondidas para recopilar información, si no? Pero no creo que podamos aclarar este misterio utilizando este método en el poco tiempo que tenemos disponible…

—Muy bien, doctor. Le concederé los poderes necesarios para realizar esta investigación. Eso sí, esto no puede afectar a la guerra total que estamos librando contra los dinosaurios: en estos momentos lo único que me inquieta es la posibilidad de que los dinosaurios sigan existiendo. Creo que el hecho de que usted viva metido en esa ilusión no beneficia en nada a la gran causa de la Federación.

Sin mediar palabra, Joye se dio media vuelta y se marchó. Al día siguiente, desapareció.

15
Deserción

Dos hormigas soldado bajaron por la puerta del palacio imperial de Gondwana. Eran las últimas de las tres mil hormigas que habían recibido la misión de colocar minas granulares en los sistemas informáticos del palacio y los cráneos de los dinosaurios en retirarse. Después de colarse por la rendija, comenzaron el descenso por los altos escalones del palacio. En el escarpado y empinado acantilado del escalón superior, vieron la figura de una hormiga trepando hacia ellos.

—¿Eh? ¿Ese no es el doctor Joye? —le preguntó sorprendida la primera hormiga soldado a la otra.

—¿El científico jefe de la federación? ¡Tienes razón, es él!

—¡Doctor Joye! —Las hormigas soldado saludaron al científico jefe con una ráfaga concentrada de feromonas.

Joye los miró y se sobresaltó, como si estuviera intentando esconderse. Después de un momento de vacilación, se armó de valor y subió para ir a su encuentro.

—Doctor, ¿qué está haciendo usted aquí?

—He venido a… esto… inspeccionar el despliegue de minas granulares en el palacio.

—Todo está listo. Los soldados ya se han marchado. —La hormiga soldado hizo una pausa—. ¿Qué hace aquí un oficial de alto rango como usted? ¡Es muy peligroso!

—Necesito… necesito echar un vistazo. Como sabéis, esta zona es de vital importancia… —Mientras hablaba, Joye caminó rápidamente hacia la puerta del palacio imperial y desapareció debajo de ella.

—Qué raro… —comentó la primera hormiga soldado, mirando en la dirección en la que se había ido Joye.

—Aquí pasa algo… ¿Dónde tienes la radio? ¡Informa al comandante, rápido!

El emperador Dadaeus se encontraba presidiendo una reunión de los principales ministros imperiales cuando entró un secretario: Joye, científico jefe de la Federación Fórmica, solicitaba una audiencia urgente con el soberano.

—Que espere: hablaré con él tras la reunión —dijo Dadaeus con un gesto de la garra.

El secretario se marchó, pero volvió al cabo de un rato:

—Dice que es un asunto de suma importancia. Insiste en ver a su majestad de inmediato, y pide además que el ministro del Interior, el ministro de Ciencia y el comandante en jefe del ejército imperial también estén presentes.

—¡Pero qué se ha creído ese cabrón! ¿Dónde están los modales de ese bichejo? ¡Que espere o que se largue!

—Pero es que… —El secretario miró a los ministros

reunidos, luego se acercó al oído del emperador y susurró—: Dice que ha desertado de la Federación Fórmica.

El ministro del Interior lo interrumpió:

—Joye es una figura clave de los líderes de las hormigas, y su forma de pensar es muy diferente a la del resto: que haya venido de esta manera significa que lo que quiere contarnos tiene que ser importante.

—Muy bien; que pase, pues —dijo Dadaeus, señalando la amplia superficie de la mesa de conferencias.

—He venido a salvar la Tierra —dijo Joye, de pie en la llanura suave de la mesa de conferencias, a las moles de dinosaurios que lo rodeaban. Un dispositivo traductor convirtió su discurso de feromonas en la lengua de los dinosaurios, transmitiendo sus palabras desde un altavoz oculto.

Dadaeus soltó una risa desdeñosa.

—Hum, ¡menuda soberbia! La Tierra está sana y salva.

—En breve cambiaréis de opinión, alteza… Pero antes me gustaría que me respondieran a una pregunta: ¿qué son Luna Brillante y Dios del Mar?

Los dinosaurios enseguida se pusieron en guardia. Intercambiando miradas, las montañas que rodeaban a Joye se sumieron en el silencio. Tras un largo silencio, Dadaeus preguntó:

—¿Y por qué deberíamos decírtelo?

—Su majestad, si son lo que creo que son, os desvelaré un secreto altamente clasificado que afecta directamente a la supervivencia del mundo de los dinosaurios. Consideradlo un intercambio justo.

—¿Y si no son lo que crees que son? —preguntó Dadaeus.

—Entonces no os contaré mi secreto. Podréis matarme o mantenerme cautivo aquí para siempre para proteger vuestro secreto. En cualquier caso, no tenéis nada que perder.

Dadaeus guardó silencio durante varios segundos; luego hizo un gesto con la cabeza al ministro de Ciencia, que estaba sentado en el lado izquierdo de la mesa.

—Díselo.

En el alto mando de la Federación Fórmica, el mariscal Rolie colgó el teléfono. Con una expresión sombría, se volvió hacia el cónsul supremo Kachika y dijo:

—Han localizado a Joye. Dos soldados de la división doscientos catorce lo vieron entrar en el palacio imperial de Gondwana cuando regresaban de colocar minas. Parece que nuestras sospechas eran correctas: ha desertado.

—¡El muy traidor…! Me pregunto qué les habrá contado a los dinosaurios… ¿No se instalaron dispositivos de escucha en los cráneos de todos los dinosaurios del palacio?

—Joye ha destruido el repetidor instalado fuera de palacio. Hemos enviado a un equipo para arreglarlo, pero por ahora no tenemos forma de espiarlos…

—¡Estoy seguro de que fue a desbaratar los planes de guerra de la Federación Fórmica!

—Yo también. ¡La operación corre peligro!

—¿Cuál es el estado de la colocación de minas granulares?

—La Operación Desconexión está completa en un noventa y dos por ciento; la Operación Decapitación, en un noventa por ciento.

—¿Es posible detonar las minas antes de lo previsto?

—¡Por supuesto que sí! Todas las minas se pueden detonar con un temporizador o de forma remota. Ya hemos establecido una red de estaciones repetidoras para extender la cobertura de la señal a todo el mundo de los dinosaurios y así detonar las minas que ya se han desplegado en cualquier momento. Cónsul supremo, es hora de una acción decisiva. ¡Dé la orden!

Kachika se volvió hacia una gran pantalla que mostraba un mapa del mundo y miró las coloridas luces parpadeantes de los distintos continentes. Tras varios segundos de silencio, habló:

—Muy bien. Pasemos una nueva página en la historia de la Tierra. ¡Detonación!

—¿Qué pasa, doctor? ¿Puedes contarnos tu secreto tal como prometiste? —preguntó Dadaeus.

Joye sintió como si estuviera despertando de un sueño.

—¡Es… es terrible! ¡Sois unos monstruos, todos! Pero las hormigas no somos mucho mejores… ¡Rápido! ¡Debéis llamar al cónsul supremo de la Federación Fórmica de inmediato!

—No nos has dado una respuesta…

—¡Su majestad, no hay tiempo para revelar secretos! ¡Ellos ya saben que estoy aquí, y pueden actuar en cualquier momento! ¡El destino del mundo de los dinosaurios está en juego, y con él el del planeta! ¡Creedme! ¡Haced la llamada ahora! ¡Rápido!

—Está bien.

El emperador dinosaurio descolgó el teléfono de la mesa de conferencias. Con el corazón en un puño, Joye lo vio pulsar uno por uno los enormes botones con un grueso dedo. Entonces escuchó un tono de llamada amortiguado en el receptor que sostenía de Dadaeus. Segundos después, el tono se detuvo y supo que Kachika había descolgado el auricular del tamaño de un grano de arroz al otro lado de la línea. La voz del cónsul supremo llegó a través del receptor:

—¿Hola, quién es?

Dadaeus habló:

—¿Es el cónsul supremo Kachika? Soy Dadaeus. Ahora...

En ese preciso instante, Joye escuchó una serie de tenues clics a su alrededor, como si todas las manecillas de los segundos de los relojes de toda una pared estuvieran moviéndose a la vez. Sabía que era el sonido de la explosión de las minas granulares alojadas en los cráneos de los dinosaurios. Los reptiles que había en la habitación se pusieron rígidos y la realidad pareció congelarse. El auricular se le escurrió a Dadaeus entre las garras, y cayó pesadamente sobre la mesa cerca de Joye con un estrépito ensordecedor. Entonces todos los dinosaurios se desplomaron uno tras otro, y se produjo un temblor en la llanura de la mesa. En ausencia de esas monstruosas montañas, el horizonte parecía vacío. Joye se arrastró hasta el auricular del teléfono. La voz de Kachika todavía estaba en la línea.

—¿Hola? Aquí Kachika. ¿Qué significa esto? ¿Hola...?

Su voz hizo que el auricular vibrara, enviando ondas que atravesaron el cuerpo de Joye como si fueran agujas.

—¡Cónsul supremo! ¡Soy yo, Joye! —gritó; pero ahora, a diferencia de antes, su discurso con feromonas no se convertía en sonido, y Kachika no podía escucharlo al otro lado de la línea. Las minas habían desactivado el sistema de traducción del palacio. Joye no dijo más: sabía que era demasiado tarde.

Poco después, las luces del pasillo se apagaron. Afuera había anochecido y la habitación quedó sumida en la penumbra. Mientras Joye reptaba hacia la ventana más cercana, el estruendo del tráfico de la lejana ciudad se desvaneció y dio paso a un sombrío silencio muy parecido al que había habido antes de que los dinosaurios se desplomaran.

Cuando Joye trepó al borde de la mesa de conferencias, el ruido del caos comenzó a llegar a la sala. Primero fue el estruendo de las carreras y los gritos de los dinosaurios a lo lejos. Joye sabía que esos sonidos provenían de fuera de palacio, ya que dentro no quedaba ningún dinosaurio con vida —todos habían sido fulminados por las minas granulares que las hormigas habían colocado en sus cráneos—. Entonces se oyó el sonido de las sirenas de la policía, que aullaron intermitentemente antes de apagarse. Cuando Joye estaba a medio camino de la ventana, los primeros ruidos sordos de explosiones lejanas empezaron a llegar a sus oídos.

Finalmente, llegó a la ventana. Afuera, la Ciudad de Roca se extendía ante ella, envuelta en la penumbra del crepúsculo. Podía ver delgadas columnas de humo que se elevaban sobre el cielo oscuro, y pronto aparecieron más, con llamas brillando en sus bases, y el horizonte de la ciudad parpadeó dentro y fuera de la vista. A medida que los fuegos se fueron multiplicando, el brillo de las llamas se filtró por la ventana, arrojando una cambiante luz roja tenue y sombras a través del alto techo sobre Joye.

16
La disuasión definitiva

—¡Lo conseguimos! —exclamó emocionado el mariscal Rolie al ver un mapamundi rojo parpadeando en una gran pantalla—. El mundo de los dinosaurios está paralizado: sus sistemas de información se han interrumpido por completo, todas sus ciudades se han quedado sin suministro energético, todas sus carreteras están bloqueadas por vehículos inutilizados por las minas granulares, y en todas partes se han desatado incendios que se están extendiendo a toda velocidad. La Operación Decapitación ha neutralizado a más de cuatro millones de importantes miembros del mundo de los dinosaurios, y los órganos de gobierno del Imperio de Gondwana y la República de Laurasia han dejado de existir. Las dos grandes potencias de los dinosaurios se encuentran en estado de *shock*, y su sociedad de los está sumida en el caos.

—Esto es solo el principio —explicó Kachika—: todas las ciudades de los dinosaurios están sufriendo anomalías en el suministro de agua, y la hambrienta población pronto se lanzará sobre las tiendas de alimentación. Ahí es cuando llegará el momento fatal: las manadas de dinosaurios huirán de las ciudades, pero sin coches y con todas las carreteras bloqueadas, no podrán evacuar a tiempo. Dado su gran apetito, al menos la mitad morirá de inanición antes de poder encontrar algo que llevarse a la boca. De hecho, para cuando abandonen sus ciudades, su sociedad tecnológica ya habrá colapsado. El mundo de los dinosaurios está retrocediendo a una era agrícola primitiva mientras hablamos.

—¿En qué estado se encuentran sus sistemas de armas nucleares? —preguntó una hormiga.

—Tal como esperábamos, nuestras minas granulares han reducido a chatarra todas las armas nucleares de los dinosaurios, incluidos sus misiles intercontinentales y bombarderos estratégicos.

—No se han producido accidentes nucleares ni casos de contaminación nuclear —respondió Rolie.

—¡Excelente! Este es realmente un momento de gran trascendencia. ¡Ahora solo tenemos que esperar a que el mundo de los dinosaurios se destruya a sí mismo! —exclamó ufano Kachika.

En ese momento, una hormiga anunció que el doctor Joye había regresado y necesitaba reunirse urgentemente con Kachika y Rolie.

Cuando el cansado científico jefe entró en el centro de mando, Kachika le lanzó una airada reprimenda:

—Doctor, usted traicionó la gran causa de la Federación Fórmica en un momento clave. ¡Será juzgado con severidad!

—Cuando escuche todo lo que he descubierto, se dará cuenta de quién de nosotros dos merece ser juzgado —repuso Joye con frialdad.

—¿Por qué fue a ver al emperador de Gondwana? —preguntó Rolie.

—Para saber la verdad sobre Luna Brillante y Dios del Mar.

Las palabras del doctor fueron como un balde de agua que enfrío el buen humor de las hormigas. Centraron sus miradas en Joye.

El científico miró a su alrededor y dijo:

—Pero antes una pregunta: ¿alguno de ustedes sabe lo que es la antimateria?

Las hormigas guardaron silencio. Al cabo de un rato, Kachika prosiguió:

—Yo sé un poco: la antimateria es una sustancia que existe según las conjeturas de los físicos dinosaurio. Sus partículas subatómicas tienen la carga eléctrica opuesta a la materia de nuestro mundo: sus electrones tienen una carga positiva y sus protones una carga negativa. Son como un reflejo cuántico de la materia ordinaria.

—No es una mera conjetura: los dinosaurios han demostrado su existencia a través de la observación cosmológica —dijo Joye—. ¿Alguien ha oído decir algo más sobre ella?

—Sí —contestó Rolie—: tengo entendido que tan pronto como la antimateria entra en contacto con la materia, la masa total de ambas sustancias se convierte en energía.

—Un proceso llamado aniquilación —explicó Joye agachando las antenas—. Cuando detonan las todopoderosas ojivas nucleares de los dinosaurios, solo una fracción del uno por ciento de su masa se convierte en energía, ¡pero la tasa de conversión masa-energía en las colisiones materia-antimateria es del cien por cien! Ahora debería quedar claro que sí hay cosas más terribles que las armas nucleares... ¡Por unidad de masa, la energía liberada por la aniquilación materia-antimateria es dos o tres órdenes de magnitud superior a la liberada por una bomba atómica!

—¿Pero qué tiene eso que ver con Luna Brillante y Dios del Mar?

—Déjeme continuar, por favor. ¿Recuerda el nuevo sol que apareció de repente en el hemisferio sur hace tres años? Los astrónomos dinosaurio observaron que el destello tuvo su origen en un pequeño cuerpo celeste que había entrado en el sistema solar con la trayectoria de un cometa. El objeto tenía menos de treinta kilómetros de diámetro, apenas un pequeño trozo de roca flotando en el espacio... Pero el fuerte destello que produjo despertó la curiosidad de los dinosaurios. Cuando lanzaron sondas para observarlo de cerca, ¡descubrieron que el cuerpo celeste estaba hecho de antimateria! Al pasar por el cinturón de asteroides, chocó con un meteoroide. El meteoroide y la antimateria se aniquilaron mutuamente, liberando una enorme cantidad de energía y produciendo el destello que vimos. Los habitantes de Gondwana y Laurasia llegaron a la misma conclusión: la aniquilación había abierto un gran agujero en el cuerpo de antimateria, esparciendo en el espacio muchos fragmentos de esta de diferentes tamaños.

»Los astrónomos dinosaurio no tardaron en localizar varios de esos pedazos: eso no fue muy difícil, ya que en el cinturón de asteroides las partículas de viento solar fueron aniquiladas por las partículas de antimateria, lo que dio a las superficies de los fragmentos un pe-culiar brillo que se volvió aún más fuerte a medida que se acercaban al sol. Todo esto sucedió durante el apogeo de la carrera armamentística entre Gondwana y Laura-sia, por lo que a las dos potencias de dinosaurios se les ocurrió el mismo plan delirante: recolectarían algunos de los escombros de antimateria, los traerían de regreso a la Tierra y los usarían para crear una superarma muchísimo más potente que cualquier bomba nuclear, con el objeti-vo de disuadir a la otra parte...

—A ver, a ver, a ver... —lo interrumpió Kachika—. Hay algo que no entiendo: si la antimateria se aniquila al entrar en contacto con la materia, ¿qué fue lo que usaron para almacenarla y traerla a la Tierra?

—Los astrónomos dinosaurio descubrieron que aquel cuerpo celeste estaba compuesto en gran parte por anti-hierro —continuó Joye—, y los escombros que locali-zaron en el espacio también estaban hechos de dicho elemento. Al igual que el hierro normal y corriente, el antihierro se ve afectado por campos magnéticos, lo cual ofreció una solución al problema del almacenamiento e hizo posible que los dinosaurios crearan una cámara de vacío en la que aplicaron un potente campo magnético para confinar de manera segura la antimateria en el cen-tro de la cámara, evitando que tocase las paredes inte-riores. De esa manera, podrían almacenarla, transpor-tarla y desplegarla en cualquier lugar. Por supuesto, esta idea era solo teórica al principio: usar un contenedor así para traer la antimateria de vuelta a la Tierra era un es-fuerzo desquiciado y peligroso a más no poder. Pero los dinosaurios están locos por naturaleza, y antepusieron su deseo de hegemonía global a todo lo demás... ¡Total, que al final lo hicieron de verdad!

»Fue el Imperio de Gondwana el que dio el primer paso hacia el infierno: diseñaron y construyeron un recipiente de confinamiento magnético en forma de esfera hueca. Para recoger los escombros de antimateria, la esfera hueca se dividió en dos hemisferios, cada uno fijado a los brazos mecánicos de una nave espacial. La nave se acercó poco a poco, recogiendo el fragmento de antimateria entre los hemisferios con extrema precaución, hasta que quedó atrapado en el interior. Tan pronto como los hemisferios se cerraron, se activó un campo magnético generado por un superconductor dentro de la esfera que guardó el fragmento en el centro. Luego, la nave espacial volvió a la Tierra.

»Si la República de Laurasia hubiera conocido los planes del Imperio de Gondwana, sin duda habrían enviado naves espaciales armadas para interceptar la nave en la que Gondwana transportaba la antimateria; pero cuando Laurasia se enteró, ya era demasiado tarde. La nave espacial de Gondwana ya había vuelto a entrar en la atmósfera de la Tierra con la esfera de contención, e interceptarla habría provocado la aniquilación del fragmento en la atmósfera de la Tierra. El fragmento pesaba cuarenta y cinco toneladas, y su aniquilación convertiría noventa toneladas de materia en energía pura. La explosión resultante habría destruido toda la vida sobre la faz de la Tierra. Naturalmente, los laurasianos no querían perecer junto a los gondwanianos, así que observaron impotentes cómo la nave espacial caía al océano.

»Lo que ocurrió después llevó la locura a límites insospechados: después de que aterrizara la nave espacial de Gondwana, el receptáculo de contención fue trasladado a una nave de carga. El nombre del barco era Dios del Mar, de modo que los dinosaurios acabaron llamando así al fragmento de antimateria que llevaba. El barco no regresó a Gondwana, ¡sino que navegó hacia Laurasia, y acabó recalando en el mayor puerto de la república! Laurasia no se atrevió a interceptar ese barco de destrucción durante todo su viaje. Todo lo que podían hacer era dejar que siguiera su camino. El buque bien podría haber estado navegando hacia un puerto vacío. Después de que el Dios del Mar echara el ancla, los dinosaurios a bordo regresaron a Gondwana en helicóptero, abandonando el barco en el puerto. Los dinosaurios de Laurasia trataron aquel barco con la misma reverencia que a una deidad. No se atrevieron a perturbarlo de ninguna manera, porque sabían que el Imperio de Gondwana podía desactivar remotamente el campo magnético dentro del recipiente de contención en cualquier momento y hacer que el fragmento de antimateria tocara el recipiente y se aniquilara. Si eso sucedía, la destrucción del mundo estaría asegurada, pero la primera en desaparecer sería Laurasia, reducida a cenizas en un abrir y cerrar de ojos por las llamas de un sol letal. Aquel fue sin duda el día más oscuro de la historia de la República de Laurasia. Y el Imperio de Gondwana, con las riendas de la vida sobre la Tierra en sus manos, se volvió salvaje y descontrolado, reclamando cada vez más territorio de Laurasia y ordenando a la república que se deshiciera de su arsenal nuclear.

»Pero esa situación desigual no duró mucho. Apenas un mes después de la Operación Dios del Mar de Gondwana, Laurasia respondió de la misma manera. Usando una tecnología similar, obtuvieron un segundo fragmento de antimateria del espacio, lo llevaron de vuelta a la Tierra y le dieron al imperio una muestra de su propia medicina: transportaron antimateria en un carguero llamado Luna Brillante y lo llevaron al puerto más grande de Gondwana. Así fue como se restableció el equilibrio en el mundo de los dinosaurios, un equilibrio nacido del último elemento de disuasión, un elemento que ha empujado a la Tierra al borde de la destrucción.

»Para evitar el pánico en todo el mundo, las operaciones Dios del Mar y Luna Brillante se llevaron a cabo en el más absoluto secreto: incluso en el mundo de los dinosaurios, solo unos pocos conocían los detalles exactos. En ambas operaciones no se escatimó en costes para garantizar la fiabilidad de los equipos, y los sistemas de contención se construyeron utilizando módulos reemplazables. Como ambos sistemas eran pequeños, podían mantenerse sin la intervención de las hormigas, y por eso la Federación Fórmica no ha sabido nada al respecto hasta hoy.

El relato de Joye causó consternación entre todas las hormigas del centro de mando. Cayeron en picado de la cima de la victoria a un abismo de terror.

—Esto no es una locura, ¡es una perversión! Una estrategia de disuasión definitiva basada en la destrucción total del mundo pierde toda su importancia política y militar. ¡Es perverso! —vociferó Kachika.

—Doctor, a eso es a lo que lleva la curiosidad, la imaginación y la creatividad que usted tanto admira en los dinosaurios —se burló el mariscal Rolie.

—No cambie de tema —le espetó Joye—: volvamos al grave peligro que afronta el mundo.

—Como mínimo, sabemos que la destrucción del mundo aún no se ha hecho realidad —dijo Kachika—. Las dos piezas de antimateria todavía están intactas en sus recipientes de contención magnética.

Rolie bajó las antenas en señal de aprobación.

—Eso tiene sentido. La orden para hacer estallar la antimateria solo es válida si viene de los dinosaurios en los escalafones superiores, pero los dinosaurios con semejante grado de autoridad han desaparecido, así que esa orden nunca se dará; y tampoco hay que preocuparse de que el caos o el mal funcionamiento las activen. Este tipo de operación es similar al lanzamiento de un misil nuclear. Enviar la orden de detonación seguramente implicaría un procedimiento operativo de una gran complejidad y múltiples medidas de seguridad. La más mínima anomalía haría que el sistema se bloquease.

Kachika le preguntó a Joye:

—¿Cuánto tiempo pueden mantenerse los campos magnéticos alrededor de los recipientes de contención?

—Durante mucho tiempo —respondió Joye—. Los campos magnéticos son producidos por una corriente circulante en un superconductor, que decae muy despacio. Además, Dios del Mar y Luna Brillante están equipados con baterías nucleares capaces de suministrar energía durante mucho tiempo, por lo que los sistemas pueden reponer la carga perdida sin interferencias externas. Según los dinosaurios, los campos magnéticos confinados se pueden mantener durante al menos veinte años.

—¡Entonces está claro qué es lo que tenemos que hacer! —dijo Kachika con firmeza—. Debemos encontrar de inmediato a Luna Brillante y Dios del Mar, construir escudos alrededor de los recipientes de contención y aislarlos de todas las señales electromagnéticas externas, para eliminar la posibilidad de que una señal del mundo exterior active su detonación.

—En ese caso debemos pensar en una forma de lanzar naves al espacio. Será difícil, pero tenemos el tiempo de nuestra parte: con las naves espaciales y los cohetes que dejaron los dinosaurios, deberíamos ser capaces de lograrlo —dijo Rolie.

Con la esperanza de la victoria en el punto de mira una vez más, las hormigas empezaron a discutir animadamente los detalles operativos.

—Si seguimos el plan del cónsul, la Tierra está perdida —dijo Joye de repente.

Las hormigas miraron al científico sin entender.

—Ahí es donde entra en juego el temporizador de pérdida de comando del que hablaban Dodomi y Dadaeus —prosiguió Joye—. Al principio, las dos potencias de dinosaurios controlaban Dios del Mar y Luna Brillante exactamente como lo imaginamos: las estaciones de señal en su propio suelo se mantenían en modo de espera. Tan pronto como un país era atacado, se apagaba una señal de control remoto, detonando la antimateria en el puerto enemigo; pero ambas partes pronto se dieron cuenta de que había un defecto en este método de control.

»Imaginemos un hipotético escenario: Laurasia lanza un ataque nuclear convencional contra Gondwana (y es que ahora, de hecho, las armas nucleares solo pueden ser consideradas armas convencionales). En un abrir y cerrar de ojos hay una fuerza abrumadora en todo el territorio de Gondwana, y sus bases de control se ven especialmente afectadas. Antes de que pueda responder, el imperio cae en una situación de parálisis y conmoción muy parecida a la actual. En un escenario semejante es imposible detonar Dios del Mar. Si, por otro lado, Laurasia toma ciertas medidas para proteger a Dios del Mar (con un fuerte bloqueo, por ejemplo) y evita que la señal de detonación llegue al recipiente de contención a bordo, tiene muchas más posibilidades de éxito.

»Para evitar verse paralizadas por un ataque sorpresa preventivo de la otra parte, las dos potencias pusieron a Dios del Mar y Luna Brillante en un nuevo modo de espera, que fue bautizado como «temporizador de pérdida de comando». A partir de entonces, la estación de señales de cada país ya no transmitiría una señal de detonación al recipiente de contención de antimateria, sino todo lo contrario: la señal que transmitía ahora impedía la detonación. Cada embarcación se configuró para llevar a cabo una cuenta regresiva permanente hasta la detonación, y solo al recibir la señal de interrupción interrumpiría la cuenta regresiva y comenzaría de nuevo, a la espera de la siguiente señal de interrupción. El presidente de Laurasia y el emperador de Gondwana enviaban personalmente sendas señales de interrupción.

»De esa manera, si una de las dos partes se veía paralizada por un ataque preventivo, la señal de interrupción no se enviaría y la antimateria estallaría. Este sistema hacía que un ataque preventivo fuera un suicidio, ya que la existencia continua del enemigo se había convertido en un requisito previo para la propia supervivencia, aunque al mismo tiempo elevaba el nivel de peligro al que se enfrentaba la Tierra. El temporizador de pérdida de comando es el elemento más desquiciado (o, en palabras del cónsul, más perverso) de esta estrategia de disuasión.

El centro de mando volvió a quedar sumido en un silencio sepulcral. Kachika fue el primero en romperlo, con una fluctuación inestable en la intensidad de sus feromonas.

—Es decir, ¿que justo en estos momentos Dios del Mar y Luna Brillante están esperando la próxima señal de interrupción…?

Joye agachó las antenas.

—Dos señales que tal vez nunca lleguen…

—¿Insinúa que las estaciones de señales de Gondwana y Laurasia ya han sido destruidas por nuestras minas granulares…? —preguntó Rolie.

—Así es. Dadaeus me desveló la ubicación de las estaciones de Gondwana y de Laurasia, y al volver aquí las busqué en la base de datos de la Operación Desconexión. Como no teníamos claro cuál era su función, solo colocamos una pequeña cantidad de minas en su equipo de comunicación, treinta y cinco en la de Gondwana y treinta y seis en la de Laurasia, que cortaron un total de sesenta y un cables. Puede parecer poco, pero bastó para deshabilitar por completo el equipo de transmisión de ambas estaciones.

—¿Cuánto dura cada cuenta atrás?

—Sesenta y seis horas, unos tres días. Los temporizadores de cuenta regresiva de Laurasia y Gondwana comienzan casi al mismo tiempo, y la señal de interrupción suele enviarse aproximadamente veintidós horas después de que comience la cuenta atrás. La actual comenzó hace veinte horas. Nos quedan dos días.

—¿Por qué tan larga? —quiso saber Kachika—. Una o dos horas sería más sensato… Si un bando lanzaba un golpe tan pronto como el otro bando reiniciara su temporizador, les quedarían todavía casi tres días para deshacerse del otro recipiente de contención de antimateria enviándolo de vuelta al espacio.

—Los buques de contención y los barcos que los albergan están estrechamente vinculados —contestó Joye—: cualquier daño que sufran al intentar separarlos provocará el cierre del campo magnético confinante y la detonación de la antimateria. Quizá con un esfuerzo a largo plazo, la nave podría retirarse y lanzarse de vuelta al espacio, pero con dos o tres días no basta… Dadaeus se tomó la molestia de explicarme el motivo de una cuenta atrás tan larga: con el destino de la Tierra dependiendo de la retransmisión de una señal de interrupción, los dinosaurios, a pesar de lo locos que estaban, tenían que ser sumamente cuidadosos. Si la señal de interrupción no se podía enviar por algún imprevisto que no fuera un ataque enemigo, una cuenta atrás relativamente larga dejaba tiempo para lidiar con la situación. De hecho, al considerar posibles contingencias, lo que más preocupaba a los dinosaurios era el sabotaje de las hormigas. Sus temores se han hecho realidad…

—Si supiéramos el contenido exacto de las señales de interrupción, podríamos construir nuestro propio transmisor y reiniciar constantemente la cuenta atrás de Dios del Mar y Luna Brillante.

—¡El problema es que no lo sabemos y no tenemos

forma de averiguarlo! Los dinosaurios no me dijeron cuál es el contenido de las señales, solo que son contraseñas largas y complicadas que cambiaban cada vez que se enviaban. Los algoritmos de las contraseñas están almacenados en los ordenadores de las estaciones de señales, y no creo que ningún dinosaurio vivo los conozca.

—O sea, que las señales solo pueden ser enviadas a través de las estaciones de señales.

—Supongo que sí.

Kachika consideró la situación.

—En ese caso lo único que podemos hacer es repararlas cuanto antes.

17
La batalla de las estaciones de señales

La estación responsable de la transmisión de la señal de interrupción del Imperio de Gondwana se encontraba en un terreno baldío en las afueras de la Ciudad de Roca. Era un pequeño edificio con una serie de antenas en el techo, tan anodino como una estación meteorológica.

La seguridad de las instalaciones era bastante laxa, con apenas un pelotón de dinosaurios montando guardia, cuya presencia estaba principalmente destinada a evitar que cualquier ciudadano despistado se acercara demasiado. Los espías enemigos y los saboteadores eran la menor de sus preocupaciones: Laurasia estaba más interesada en la seguridad de la estación que Gondwana, y de hecho los laurasianos habían presentado numerosas quejas a los gondwanianos, exigiendo que se reforzara la seguridad. Aparte de los guardias, solo cinco dinosaurios eran responsables del funcionamiento diario de la estación: un ingeniero, tres operadores y un técnico de mantenimiento. Ellos, al igual que los guardias, no tenían la menor idea de para qué servía aquella instalación.

En la sala de control de la estación había una gran pantalla que mostraba una cuenta atrás de sesenta y seis horas, que nunca había pasado la barrera de las cuarenta y cuatro horas. Cada vez que llegaba a ese punto, normalmente por la mañana, la imagen del emperador Dadaeus aparecía en otra pantalla en blanco en la sala de control. El emperador solo pronunciaba una breve frase:

—Ordeno que se envíe la señal.

El operador de turno se ponía entonces firme y respondía:

—¡A la orden, su majestad!

Acto seguido movía el ratón a la terminal y hacía clic en el botón «transmitir» en la pantalla del ordenador. Al hacerlo, la pantalla grande mostraba el siguiente mensaje:

SEÑAL DE INTERRUPCIÓN ENVIADA

—

SEÑAL DE INTERRUPCIÓN RECIBIDA CON ÉXITO

—

RESTABLECIMIENTO DE CUENTA ATRÁS

Entonces la pantalla volvía a 66:00 y reiniciaba la cuenta atrás. En la otra pantalla, el emperador observaba atentamente este procedimiento hasta que la cuenta atrás de reinicio comenzara de nuevo. Solo entonces daba un suspiro de alivio y se marchaba.

Durante dos años, ese proceso se repitió día tras día con la puntualidad de un reloj. Estuviera donde estuviera el emperador, ya fuera en el palacio imperial, de gira o incluso en una visita de estado a Laurasia, siempre llamaba a la estación de señales cada día a la misma hora, sin fallar ni un día. Esa circunstancia causaba perplejidad entre los dinosaurios que trabajaban en la estación: si el emperador quería que la señal se enviara todos los días, no tenía más que decirlo, pero no hacía falta que se tomara la molestia de llamar cada día (se les había dicho a los operadores que bajo ningún concepto tenían que mandar la señal sin la orden del emperador). Incluso los propios operadores eran innecesarios: un dispositivo de transmisión con temporizador automático haría su trabajo a las mil maravillas. La cuenta atrás de sesenta y seis horas también era un misterio: ¿qué pasaría si llegara al final?

Lo único que sabían con certeza era que la señal era de una enorme importancia, como demostraba la intensa mirada del emperador mientras observaba cómo se enviaba. Sin embargo, aquellos dinosaurios de a pie eran totalmente incapaces de imaginar que esa señal retrasaba un día la sentencia de muerte de la Tierra.

Aquel día, su rutina de dos años se había visto interrumpida por una avería en el transmisor de señales. La estación contaba con equipos de alta fiabilidad, y era obvio que el fallo total de una instalación con múltiples sistemas de *backup* no era un accidente.

El ingeniero y el técnico se pusieron enseguida a buscar el origen del problema, y al poco rato descubrieron que se habían cortado varios cables, unos cables que solo las hormigas podían volver a conectar. Intentaron llamar a sus superiores para solicitar un equipo de reparación de hormigas, solo para descubrir que no había línea.

Mientras seguían diagnosticando el problema, encontraron más cables cortados, pero para entonces la hora señalada para la orden de transmisión del emperador estaba cada vez más cerca. Los dinosaurios no tuvieron más remedio que intentar la reconexión ellos mismos, pero sus voluminosas garras hacían imposible unir los finos cables.

Los cinco dinosaurios se pusieron muy nerviosos: aunque la línea telefónica se había caído, estaban seguros de que pronto se restablecería la comunicación y que el emperador aparecería en la pantalla cuando la cuenta regresiva llegara a las cuarenta y cuatro horas. En los últimos dos años, su aparición se había convertido para ellos en una especie de ley natural, como la salida del sol. Aquel día, sin embargo, salió el sol, pero no el emperador: por primera vez, los dígitos de la cuenta regresiva cayeron a cuarenta y cuatro horas y siguieron bajando a una velocidad constante.

Tiempo después, los dinosaurios se dieron cuenta de que no podían contar con las hormigas, ya que habían sido ellas quienes habían destrozado el transmisor. Los dinosaurios que huían de la Ciudad de Roca comenzaron a pasar por la estación, y fue gracias a esos conmocionados refugiados que el equipo que trabajaba en ella se enteró de lo ocurrido en la capital. Las hormigas habían desactivado toda la maquinaria del Imperio de Gondwana con sus minas granulares, paralizando el mundo de los reptiles.

Pero los miembros del equipo de la estación no eran más que dinosaurios responsables y obedientes, y siguieron intentando volver a conectar los cables cortados. Fue una misión imposible: la mayoría de los cables estaban en lugares que las gruesas garras de los dinosaurios sencillamente no podían alcanzar, y los extremos de los pocos cables a la vista que sí seguían resbalando de sus torpes dedos y no conseguían unirlos.

—¡Malditas hormigas! —maldijo el técnico mientras se frotaba los ojos doloridos.

Justo en ese momento, los ojos del ingeniero se abrieron como platos. ¡Había hormigas, justo delante de él! Era un pequeño contingente de alrededor de un centenar de insectos que avanzaba rápidamente sobre la superficie blanca de la consola del operador. El líder les gritaba a los dinosaurios:

—¡Hola! ¡Hemos venido a ayudaros a reparar las máquinas! ¡Hemos venido a ayudaros a volver a conectar los cables! ¡Hemos venido…!

Los dinosaurios no tenían sus traductores de feromonas encendidos, así que no podían oír lo que decía. De hecho, aunque lo hubieran hecho, no le habrían creído: en ese momento el odio los cegaba. Golpearon a las hormigas en la consola con sus garras mientras mascullaban:

—¡Venga, poned minas! ¡Destruid nuestras máquinas!

La superficie blanca de la consola pronto se cubrió de pequeñas manchas negras, los restos aplastados de las hormigas.

—¡Cónsul supremo, los dinosaurios en la estación de señales han atacado al equipo de reparación! ¡Nos han aplastado en la consola! —informó a Kachika uno de los supervivientes del equipo desde una pequeña brizna de hierba a cincuenta metros de la estación. La mayoría de los miembros del alto mando de la Federación Fórmica también estaban presentes.

—¡Envíe un equipo de reparación más grande!

—¡Ah, hormigas! —gritó un centinela dinosaurio que montaba guardia en el escalón delante de la estación.

Su grito hizo que varios otros soldados dinosaurio y su teniente salieran. Vieron una masa de hormigas subiendo por el escalón, cuatro o cinco mil por el aspecto, como una franja de satén negro deslizándose lentamente hacia ellos. Varias hormigas se separaron de la masa, agitando sus antenas hacia los dinosaurios, como si les gritaran algo.

—¡Ve a por una escoba! —gritó el teniente dinosaurio.

Un soldado fue inmediatamente a buscar una escoba grande, el teniente se la quitó de las manos y dio unos cuantos bandazos salvajes sobre el escalón, barriendo las hormigas por los aires como si fueran polvo.

—¡Cónsul, debemos encontrar una manera de comunicarnos con los dinosaurios de la estación de señales y explicar cuáles son nuestras intenciones! —dijo Joye.

—Pero ¿cómo? No pueden oírnos. ¡Ni siquiera cogen sus traductores!

—¿Podemos probar el teléfono? —sugirió una hormiga.

—Ya lo hemos intentado. Todo el sistema de comunicación de los dinosaurios está caído. Está completamente desconectado de la red telefónica de la Federación Fórmica. ¡No podemos comunicarnos con ellos!

—Seguramente todos ustedes conocen una de las artes antiguas de las hormigas —interrumpió Rolie—. En otros tiempos, antes de la era de las máquinas de vapor, nuestros antepasados se comunicaban con los dinosaurios organizándose en diferentes formaciones para escribir caracteres.

Kachika suspiró.

—¿Y eso de qué sirve? Ese arte se ha perdido…

—No: hay una unidad bajo mi mando que ha sido entrenada para formar caracteres. Los sometí a ese entrenamiento porque quería que los soldados recordaran la gloria de nuestros antepasados y experimentaran el espíritu colectivo del mundo de las hormigas: tenía pensado darles a todos ustedes una sorpresa en el desfile militar de este año, pero ahora parece que ese entrenamiento puede ser útil.

—¿De cuántos soldados dispone?

—Diez divisiones de infantería, unas ciento cincuenta mil hormigas en total.

—¿Cuántos caracteres se pueden formar con eso?

—Eso depende del tamaño de los caracteres. Para asegurarse de que los dinosaurios puedan leerlos a lo lejos, yo diría que no más de una decena.

—Está bien. —Kachika pensó un momento—. Que escriban la siguiente frase: «Hemos venido a arreglar vuestro transmisor para salvar el mundo».

—Eso no explica nada —murmuró Joye.

—¿Qué alternativa nos queda? ¡Eso ya son demasiados caracteres! Tendremos que intentarlo, es mejor eso que nada.

—¡Las hormigas han vuelto! ¡Y son muchísimas!

Ante la puerta de la estación de señales, los soldados dinosaurio vieron una falange de hormigas marchar hacia ellos. La formación medía aproximadamente tres o cuatro metros cuadrados, y subía y bajaba con el terreno irregular como una negra bandera ondulante.

—¿Vienen a atacarnos?

—No lo parece. Es una formación extraña…

A medida que la formación de hormigas se acercaba lentamente, un dinosaurio de ojos agudos gritó:

—¿Qué…? ¡Son letras!

Otro dinosaurio empezó a leer a trompicones:

—«Hemos… venido… a… arreglar… vuestro… transmisor… para… salvar… el… mundo».

—Oí que en la antigüedad las hormigas se comunicaban con nuestros antepasados de esta manera.

—¡Ahora lo he visto con mis propios ojos! —exclamó un dinosaurio.

—¡Mierda! —El teniente enseñó una garra—. ¡No te dejes engañar por sus trucos! Ve a buscar palanganas con agua hirviendo del calentador de agua y tráelas.

—Teniente —aventuró tímidamente un sargento—, ¿no cree que deberíamos ir a hablar con ellas? Quizá realmente estén aquí para arreglar el transmisor. Además, el ingeniero y los demás que están dentro necesitan ayuda desesperadamente.

Todos los soldados dinosaurio comenzaron a hablar a la vez:

—Qué palabras más raras… ¿Cómo se supone que va a salvar el mundo este transmisor?

—¿Qué mundo? ¿El nuestro o el suyo?

—La señal enviada por el transmisor tiene que ser importante…

—Pues sí… ¿Por qué, si no, iba a dar personalmente la orden de enviarla todos los días el mismísimo emperador?

—¡Panda de idiotas! —los regañó el teniente—. ¿Aún confiáis en las hormigas? ¡Fue nuestra ingenuidad lo que les permitió destruir el imperio! ¡Son los bichos más despreciables y traicioneros de la Tierra y nunca dejaremos que nos vuelvan a engañar! ¡Rápido, ve a por esa agua hirviendo!

Los soldados dinosaurio no tardaron en regresar con cinco grandes palanganas de agua hirviendo. Avanzando en fila sobre la formación de hormigas con los baldes en mano, vertieron el agua sobre las hormigas. Un rocío hirviente voló en todas direcciones emitiendo nubes de vapor, y la línea negra de texto en el suelo desapareció después de que el agua quemara vivas a más de la mitad de las hormigas.

—Comunicarse con los dinosaurios es imposible —se resignó Kachika, viendo el vapor subir a lo lejos—. Ahora nuestra única opción es tomar la estación de señales por la fuerza: entonces podremos reparar el equipo y enviar la señal de interrupción nosotros mismos.

—¿Hormigas tomando a la fuerza una estructura de los dinosaurios? —dijo Rolie mirando a Kachika sin dar crédito—. ¡Desde el punto de vista militar, eso es una locura!

—No hay más remedio, vivimos en un mundo de locos. Este edificio es relativamente pequeño y aislado, así que al menos durante un breve periodo de tiempo no recibirá refuerzos. Si reunimos tantas fuerzas como podamos, ¡quizá consigamos capturarlo!

—¿Qué es eso que se ve a lo lejos? ¡Parecen superandadores de hormigas!

Al oír el grito del centinela, el teniente levantó el telescopio. Al otear el lejano páramo, vio una larga línea de objetos negros en movimiento. Una mirada más cercana confirmó la sospecha del centinela.

La mayoría de los vehículos eran muy pequeños, pero para satisfacer las necesidades especializadas de los militares, también habían desarrollado unos enormes medios de transporte llamados superandadores, algunos de los cuales tenían el tamaño de uno de nuestros bicitaxis, y que para las hormigas eran auténticos leviatanes, muy parecidos a nuestros cargueros de diez mil toneladas. Los superandadores no tenían ruedas y usaban seis patas mecánicas para caminar como una hormiga, lo que les permitía atravesar terrenos difíciles con facilidad y velocidad. Cada uno de esos vehículos podía transportar cientos de miles de hormigas.

—¡Abran fuego contra esos vehículos! —ordenó el teniente.

Los soldados dinosaurio usaron su única ametralladora ligera para disparar contra la fila de superandadores a lo lejos, levantando columnas de polvo allí donde impactaron las balas. El superandador que iba a la cabeza del convoy recibió un golpe en una de sus patas delanteras y cayó al suelo, con las cinco patas restantes todavía pateando en el aire. Numerosas pelotas negras salieron de una escotilla en el costado de su casco, cada una del tamaño de una de nuestras pelotas de fútbol, pero hechas completamente de hormigas. Tan pronto como tocaron el suelo, las bolas negras se dispersaron, como gránulos de café disolviéndose en agua. Otros dos superandadores fueron alcanzados y derribados, pero las balas que penetraron en su interior solo mataron a unas pocas hormigas, y más masas negras de insectos salieron del interior.

—¡Ay, si tan solo tuviéramos armas de artillería…! —gimió un soldado dinosaurio.

—Sí, las granadas de mano también servirían…

—¡Un lanzallamas sería lo mejor!

—¡Basta! ¡Dejad de parlotear y acabad con esos superandadores! —El teniente bajó su telescopio y apuntó al frente.

—¡Dios, debe de haber doscientos o trescientos!

—Me juego lo que quieras a que hasta el último superandador estacionado en Gondwana se dirige hacia aquí…

—¡Lo que significa que han reunido a más de cien millones de hormigas! —dijo el teniente—. ¡Está clarísimo: tienen la intención de asaltar la estación de señales!

—¡Teniente, corramos hacia allá y aplastemos a esos insectos!

—Eso no funcionará. Nuestra ametralladora y nuestros rifles no sirven contra ellos.

—Todavía tenemos la gasolina del generador. ¡Quemémoslas!

El teniente negó con la cabeza.

—No tenemos suficiente gasolina como acabar con todas. Nuestra prioridad es proteger la estación de señales, y eso es lo que haremos…

—Cónsul supremo, mariscal: nuestro avión de reconocimiento informa de que los dinosaurios están cavando dos anillos de trincheras alrededor de la estación de señales. Están redirigiendo el agua de un arroyo cercano a la zanja exterior. ¡También han sacado varios barriles de petróleo grandes y están echando gasolina en la zanja interior!

—¡Que comience el ataque!

Las hormigas empezaron a moverse hacia la estación de señales en una densa masa negra, como una sombra proyectada sobre el suelo por una nube en el cielo. La escena infundió el pánico entre los dinosaurios de la estación. Cuando la vanguardia llegó a la orilla exterior de la primera trinchera llena de agua, las hormigas en primera línea no se pararon, sino que avanzaron hacia el agua. Los insectos detrás de ellos pasaron por encima de los cuerpos de sus compañeros arrastrándose en el agua. Pronto se formó una gruesa película negra en la superficie del agua, que se extendió rápidamente hacia la orilla interior.

Los soldados dinosaurio se habían puesto cascos sellados para evitar que se les metieran hormigas en el cuerpo. Desde la orilla interior, arrojaron paladas de tierra y palangana tras palangana de agua hirviendo sobre las hormigas, pero sus esfuerzos fueron en vano: la película negra pronto cubrió la superficie del agua y una marabunta de hormigas se derramó sobre ella como una inundación negra. Los dinosaurios se vieron obligados a retirarse tras la segunda trinchera, y encendieron la gasolina detrás de ellos. Un anillo de intensas llamas se encendió en torno a la estación de señales.

Cuando la multitud llegó a la trinchera en llamas, las hormigas se amontonaron unas sobre otras, formando un terraplén viviente. Los dinosaurios dispararon contra la formación de hormigas, pero las balas se hundieron silenciosamente en ella, como si se las hubiera tragado una duna de arena negra. También arrojaron piedras, que dieron en el terraplén con golpes sordos, abriendo agujeros que rápidamente se llenaron de insectos. El terraplén se elevó más y más, formando una pared negra de más de dos metros de altura en la orilla exterior de la trinchera en llamas. La pared entera comenzó a avanzar hacia la trinchera, con su superficie retorciéndose envuelta en llamas. Quemada por el fuego, la pared empezó a arder y el olor acre del humo llenó el aire. De la superficie de la pared se desprendieron cuerpos carbonizados de hormigas que cayeron en picado sobre la trinchera que había debajo, dando una extraña tonalidad verde a las llamas en el borde exterior de la trinchera; pero nuevas capas de hormigas se levantaban una y otra vez para reemplazar a sus compañeras caídas.

Entonces las esferas negras rodaron sobre la parte superior de la pared: algunas fueron engullidas por el fuego, pero la mayoría llegó al otro lado de la trinchera, atravesando las llamas gracias a su impulso. Mientras atravesaban aquel infierno, las capas exteriores de las esferas se carbonizaban y ennegrecían, pero las hormigas se agarraban unas a otras, formando un caparazón quemado que protegía a sus compañeras del interior. En unos instantes, más de mil bolas cruzaron al otro lado de la trinchera. Sus caparazones quemados se abrieron y las esferas se disolvieron formando marabuntas de hormigas que subieron los escalones de la estación de señales.

Los guardias dinosaurio perdieron los nervios. A pesar de los intentos del teniente de impedirlo, salieron corriendo despavoridos por la puerta y rodearon la parte trasera del edificio, disparados a toda velocidad por el único camino que aún no estaba completamente lleno de hormigas. Los insectos entraron en la planta baja de la estación de señales, y entonces subieron las escaleras hasta la sala de control. Otros contingentes treparon por las paredes exteriores y se derramaron por las ventanas, tiñendo de negro la mitad inferior del edificio.

Seis dinosaurios seguían en la sala de control: eran el teniente, el ingeniero, el técnico y los tres operadores, que observaron horrorizados cómo las hormigas entraban por la puerta, por las ventanas, por cada grieta y hendidura. Era como si el edificio se hubiera sumergido en un mar de hormigas y sus aguas negras se estuvieran filtrando por todas partes. Al mirar por las ventanas se dieron cuenta de cuánta verdad había en esa idea: hasta donde alcanzaba la vista, la tierra estaba cubierta de un mar de hormigas negras en cuyas aguas la estación de señales era una solitaria isla.

En poco tiempo, las hormigas cubrieron la mayor parte del suelo de la sala de control, dejando un círculo frente a la consola de control libre para que los seis dinosaurios se quedaran de pie. El ingeniero se apresuró a sacar un traductor, y al encenderlo oyó una voz:

—Soy el cónsul supremo de la Federación Fórmica. No tenemos tiempo para darte explicaciones: todo lo que necesitas saber es que si esta estación de señales no transmite su señal en los próximos diez minutos, la Tierra será destruida.

El ingeniero miró la oscura masa de hormigas que lo rodeaba. Siguiendo el indicador del traductor, vio tres hormigas en la parte superior de la consola de control. La voz que acababa de hablar pertenecía a una de ellas. Sacudió la cabeza.

—El transmisor está estropeado.

—Nuestros técnicos ya han vuelto a conectar los cables y han reparado la máquina. ¡Empieza la transmisión de inmediato!

El ingeniero volvió a negar con la cabeza.

—No tenemos electricidad.

—¿No tenéis un *backup*?

—Sí, pero desde que se perdió la energía externa hemos estado usando un generador de gasolina para suministrar electricidad, y ahora nos hemos quedado sin… Echamos toda la que nos quedaba en la trinchera exterior y le prendimos fuego.

—¿La habéis gastado toda?

El teniente dio un paso al frente.

—Hasta la última gota. En aquel momento, lo único en lo que pensábamos era en defender la estación. Incluso usamos la escoria del tanque de combustible del generador.

—¡Entonces ve a recoger lo que quede en la trinchera!

El teniente miró fuera y vio que las llamas en la trinchera se estaban apagando. Abrió un cajón en la consola de control y sacó un pequeño cubo de metal. Las hormigas abrieron un camino hacia la puerta. El teniente se detuvo en el umbral y se dio la vuelta.

—¿De verdad llegará el fin del mundo en diez minutos?

La respuesta de Kachika llegó alta y clara a través del traductor:

—¡Si esa señal no se envía, sí!

El teniente se volvió y bajó las escaleras. Pronto regresó y dejó el balde en el suelo. Kachika, Rolie y Joye se arrastraron hasta el borde de la consola y miraron hacia abajo. Dentro no había gasolina, sino solo medio cubo de barro mezclado con cadáveres quemados de hormigas, apestando a aceite.

—No queda gasolina en la trinchera... —dijo el teniente.

Al mirar por la ventana, Kachika vio que el fuego se había consumido, lo que confirmaba las palabras del teniente. Volviéndose hacia Rolie, preguntó:

—¿Cuánto queda para el final de la cuenta atrás?

Sin apartar los ojos del reloj, Rolie respondió:

—Cinco minutos y treinta segundos, cónsul...

—Acabo de recibir una llamada: nuestras fuerzas en Laurasia han sido derrotadas. Cuando atacaron la otra estación de señales, los dinosaurios que la custodiaban la hicieron volar por los aires. La señal de interrupción no se puede enviar a Luna Brillante. Detonará en cinco minutos.

—Y lo mismo con Dios del Mar, cónsul —dijo Rolie con calma—. Todo está perdido...

Los dinosaurios no entendieron ni una palabra de lo que habían dicho los tres líderes de la Federación Fórmica.

—Podemos conseguir gasolina en la zona —ofreció el ingeniero—. Hay un pueblo a unos cinco kilómetros de aquí. La autopista está bloqueada, así que tendremos que ir a pie, pero si somos rápidos, podremos regresar en veinte minutos.

Kachika agitó débilmente las antenas.

—Idos todos; id a donde os dé la gana...

Cuando los seis dinosaurios salieron de la habitación, el ingeniero se detuvo en el umbral y repitió la pregunta que el teniente había hecho antes:

—¿De verdad llegará el fin del mundo en unos minutos?

El cónsul supremo de la Federación Fórmica le dedicó una mirada parecida a una sonrisa.

—A todo le llega su fin algún día.

—Je, es la primera vez que oigo a una hormiga decir algo tan filosófico —comentó el ingeniero. Luego se dio la vuelta y se marchó.

Kachika regresó al borde de la consola de control y se dirigió a la masa oscura de soldados hormiga en el suelo.

—Transmita rápidamente mis instrucciones a todas las unidades: todas las tropas en las inmediaciones de la estación de señales deben refugiarse inmediatamente en el sótano de la estación. Las más lejanas deben buscar grietas y agujeros en los que cobijarse. El Gobierno de la Federación Fórmica emite la siguiente declaración final a la ciudadanía: el fin del mundo se acerca. Cuidaos todos.

—¡Cónsul, mariscal, vayamos al sótano! —dijo Joye.

—No. Vaya usted, doctor. Hemos cometido el error más grave de la historia de la civilización. No nos merecemos vivir —replicó Kachika.

—Así es, doctor —convino Rolie—. Aunque no hay muchas probabilidades, espero que pueda mantener las brasas de la civilización.

Joye tocó con sus antenas las de Kachika y Rolie, el mayor gesto de respeto en el mundo de las hormigas; entonces se volvió y se unió a la marea de hormigas que fluían como un río desde la sala de control.

Después de marcharse las tropas, se hizo el silencio en la sala de control. Kachika se movió hacia una ventana y Rolie lo siguió. Cuando las hormigas llegaron al alféizar de la ventana, presenciaron una escena extraordinaria: la noche estaba llegando a su fin y una pálida luna colgaba del cielo, pero de repente, en un abrir y cerrar de ojos, la luz plateada se convirtió en un cegador destello eléctrico. El mundo que había abajo, incluida la multitud de hormigas que se dispersaban, estaba tan iluminado que podían verse con todo lujo de detalles.

—¿Qué ha sido eso? ¿El sol se ha vuelto más brillante? —preguntó Rolie con curiosidad.

—No, mariscal, eso es que ha aparecido un nuevo sol. La luna solo refleja su luz. Ha aparecido un sol sobre Laurasia y está quemando el continente mientras hablamos.

—El sol de Gondwana debería aparecer en cualquier momento.

—¿No es eso de ahí?

Una intensa luz llegó del oeste inundándolo todo. Antes de que el calor las desintegrara, las dos hormigas vieron un sol deslumbrante salir a toda velocidad sobre el horizonte al oeste, que se hinchó hasta ocupar la mitad del cielo. La tierra se incendió en un instante. Como la costa de la que emanó la explosión se encontraba a miles de kilómetros de distancia, la onda de choque tardó varios minutos en llegar hasta donde se encontraban, pero para entonces ya todo había sido consumido por el fuego.

Aquel fue el último día del periodo Cretácico.

Epílogo
La larga noche

Había sido invierno durante los últimos tres mil años.

Al mediodía de un día más cálido de lo habitual en el centro de Gondwana, dos hormigas salieron de un profundo nido a la superficie. El sol era un halo borroso en el lúgubre cielo nublado, y la tierra estaba cubierta de una gruesa capa de hielo y nieve. Entre la nieve sobresalían por doquier rocas que daban al paisaje una intensa negrura. A lo lejos, en el horizonte, las distantes montañas también destacaban por su blancura.

La primera hormiga se volvió y examinó un enorme esqueleto. El suelo estaba cubierto de huesos similares, pero debido a su color blanco, estaban mezclados con la nieve y eran difíciles de distinguir a lo lejos, pero desde ese ángulo, los huesos se destacaban marcadamente contra el cielo.

—Oí que este animal se llamaba dinosaurio —comentó la primera hormiga.

La segunda hormiga también se volvió para mirar el esqueleto.

—¿Oíste la leyenda de la era de las maravillas que estaban contando anoche?

—Sí; decían que hace miles de años las hormigas vivimos una edad de oro.

—Sí, y también que las hormigas de aquella época vivían en grandes ciudades en la superficie en vez de en nidos subterráneos. ¡Aquello tuvo que ser una época maravillosa!

—La leyenda cuenta que las hormigas y los dinosaurios hicieron posible juntos la era de las maravillas. Los dinosaurios carecían de manos diestras, por lo que las hormigas hacían para ellos los trabajos que exigían habilidad. Las hormigas carecían de mentes inteligentes, por lo que los dinosaurios inventaron tecnologías milagrosas.

—Juntos crearon grandes máquinas y ciudades, ¡tenían poderes divinos!

—¿Oíste algo sobre la destrucción del mundo?

—En realidad no, parecía bastante complicado… Por lo visto estalló la guerra en el mundo de los dinosaurios, y luego entre los dinosaurios y las hormigas. —La segunda hormiga hizo una pausa—. Y luego aparecieron dos soles sobre la Tierra.

La primera hormiga se estremeció con el viento frío.

—¡Ay, ahora un nuevo sol nos vendría que ni pintado!

—¡No lo entiendes! Los dos soles eran terribles: ¡quemaron todo lo que había en la faz de la Tierra!

—Entonces, ¿cómo es que hace tanto frío ahora?

—Es complicado de explicar, pero parece ser que después de que aparecieran los dos soles, hacía mucho calor en el mundo. ¡Se ve que las partes de la corteza terrestre más cercanas a los soles se fundieron! Luego, el agua de mar evaporada por los soles cayó en forma de lluvia durante más de cien años, provocando inundaciones masivas en todo el planeta. Después de eso, el polvo levantado a la atmósfera por la explosión de los nuevos soles bloqueó la luz del viejo sol, y el mundo se volvió frío, incluso más frío que antes de que aparecieran los dos soles, tal como es hoy. Los dinosaurios eran grandes y, como es natural, todos murieron durante aquella época terrible, pero algunas hormigas sobrevivieron excavando bajo tierra.

—¿Lograremos algún día volver a la era de las maravillas?

—Anoche dijeron que eso es imposible. Nuestros cerebros son demasiado pequeños y solo podemos pensar en grupo, por lo que no podemos crear tecnología milagrosa, y esas técnicas antiguas han caído en el olvido.

—Sí, yo oí que no hace mucho algunas hormigas todavía sabían leer, pero hoy día ninguno de nosotros puede hacerlo. Nadie puede estudiar los libros de la antigüedad.

—Estamos dando marcha atrás. A este paso, pronto seremos pequeños insectos que no saben más que construir nidos y buscar comida.

—¿Y qué tiene eso de malo? En estos tiempos aciagos, «ojos que no ven, corazón que no siente».

—También es verdad.

Siguió un largo silencio.

—¿Llegará algún día en que el mundo vuelva a ser cálido y otra especie animal consiga llegar a otra era de las maravillas?

—Quién sabe; pero creo que un animal así debería tener un cerebro grande y manos diestras.

—Cierto, y no podría ser tan grande como los dinosaurios. Comieron demasiado: la vida sería muy difícil para un animal así.

—Pero tampoco podría ser tan pequeño como nosotros, o su cerebro no sería lo bastante grande.

—Ah… ¿Alguna vez veremos una criatura tan milagrosa?

—Creo que sí. El tiempo es infinito: todo acaba sucediendo tarde o temprano. Todo acaba sucediendo.